高爾基三部曲之三

МОЙ УНИВЕРСИТЕТ

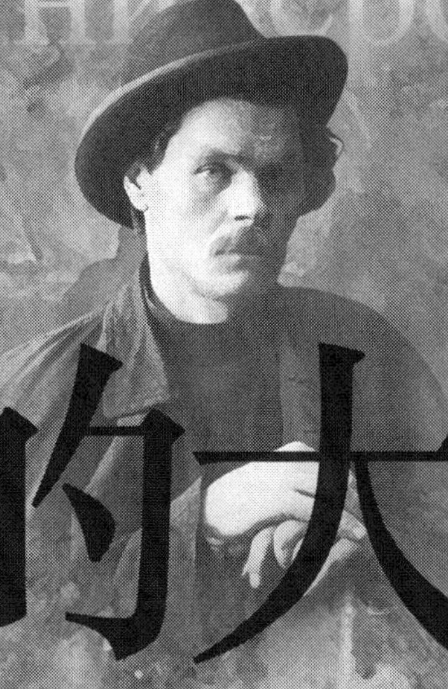

我的大學

高爾基 著
段雲竹 譯

高爾基經典勵志巨作

在污濁、黑暗中看到純真、光明；
在邪惡、仇恨中看到善良、溫情；
在無盡的苦難中，找到戰勝苦難的巨大力量。

目錄

Contents

01

就這樣，我滿懷憧憬地去喀山上大學了①（①時間約爲一八八四年夏末或秋天）。

我那上大學的心願，是被中學生尼古拉·葉甫列伊諾夫喚醒的。他是個可愛的帥小夥子，有一雙姑娘般溫柔的眼睛，就住我樓上的閣樓裡。看到我經常夾著書本，他很好奇，於是和我相識了。隨後尼古拉就開始迫不及待地向我證實，我絕對擁有非同尋常的「科學才華」。

「瞧您，天生就是搞科學的。」他帥氣地甩著馬鬃般的濃髮說道。

我那時尚不曉得，就憑一隻家兔也夠格爲科學獻身的。而尼古拉卻無懈可擊地向我證明，大學的門就是爲我這樣的青年敞開的。談話間，自然也免不了提及米哈伊爾·羅蒙諾索夫②（②米哈伊爾·羅蒙諾索夫（一七一一—一七六五），俄羅斯著名的自然科學家、詩人、畫家、歷史學家）的逸事。尼古拉還說，我去喀山時可以借住在他家。我將在秋冬兩季裡修完中學課程，再簡單對付幾場考試——沒錯，他說的就是對付，之後我將在大學裡被授予喀山獎學金。五年後，我就會成爲一名「學者」。一切看來都是那樣順理成章，因爲尼古拉才是個十九歲的小夥子，還有著一副熱心腸。

考完試後，他就離開了。我在兩周後也隨之動身了。

外祖母送我時一再叮囑說：「孩子啊，改改你那火爆脾氣！你總是沒完沒了地發火，就會變得蠻不講理，眼裡只剩下你自己！簡直跟你那外祖父一個樣。他？他算什麼外祖父？苦命的老頭，熬了大半輩子，眼下成了個老糊塗。你要記住一句話——上帝不會對人們指指點點，只有魔鬼才愛嚼舌根！保重吧，孩子！」

她把幾滴未能忍住的淚珠，從她那飽經風霜的臉上抹去，接著說：「往後再見一次就很難了。你這不得閑的孩子，要出去闖蕩了，而我，已是快入土的人嘍！」

近幾年來我經常離開自己親愛的外祖母，甚至很少再見到她。此時此刻，一想到自己再也不會遇到對我這樣百般疼愛又貼心貼腹的人，我心裡突然湧起一陣刺痛。

我站在船尾甲板上遠遠望去，只見她正在碼頭欄杆旁，一隻手在胸前畫著十字，另一隻手揪起舊圍巾的一角抹著眼淚。她那雙淚光瑩瑩的黑眼睛裡，滿是對人們無限的慈愛。

於是，我在這座半韃靼式的城市①（①指喀山，喀山位於喀山河與伏爾加河的交匯處。十五、十六世紀時是喀山汗國的都城，一五五六年被伊凡雷帝納入沙皇俄國的版圖，現在是俄羅斯聯邦韃靼自治共和國首府。伊斯蘭教與東正教兩大宗教在此並存）裡有了棲身之處——一座平房裡的一間促狹的小屋。沿一條破敗小巷走到盡頭，就能看到這座建在山丘上的孤零零的平房。

平房一側緊鄰一片火災過後留下的廢墟。那廢墟上荒草叢生。在苦艾、蒼耳和馬蓼草叢間，在密密麻麻的接骨木灌木叢中，零星散落著不少殘磚斷瓦。廢墟下面是一個大的嚇人的地窖。這裡既是流浪狗們的安樂窩，也是它們的墳墓。這個地窖給我留下了深刻的印象，也是我經歷的幾所「大學」中的第一所。

葉甫列伊諾夫一家——母親和兩個兒子——憑著少的可憐的撫恤金維持生計。在開始的那段日子裡，我曾親眼看到那個瘦小羸弱的寡婦，從集市上悲哀地歸來，將買回的東西一一攤在桌臺上，然後開始為一道讓人頭疼的題目犯愁——怎樣才能用幾塊零星的碎肉，做出足夠三個成人果腹的像樣飯菜，還不算自己那份！

她總是少言寡語，那雙灰色的眼睛裡黯然無光，毫無對未來的憧憬。她像一匹溫良順從又任勞任怨的老馬，在拼盡最後一絲力氣把馬車拉向前方，明知毫無盡頭，卻不能停歇。

在我來後第三天的那個早上，孩子們都還在睡覺，我在廚房裡幫她洗菜，她小心翼翼地低聲問我：「您來這裡打算做什麼呢？」

「學習，上大學。」

她那張蠟黃的臉上忽然眉頭一擰，原來是刀子割破了手指。她吭了一下傷口坐到椅子上，隨即又蹦了起來：「哦，見鬼！」

用手絹纏好手指後，她誇我：「您削馬鈴薯還挺在行！」

唉，怎麼會不在行呢！我跟她講了講自己在船上打工的經歷。

她問：「依您看，單憑這個，就夠上大學了吧？」

那時的我還壓根不懂開玩笑。我嚴肅認眞地回答了她的問題，並有鼻子有眼地向她介紹了自己的行動方案，而這方案將會把我引入科學聖殿。

她歎了一口氣：「唉，尼古拉啊尼古拉……」

尼古拉恰好在這會兒走進廚房洗漱。他睡眼惺忪，頭髮蓬亂，還跟平時一樣樂呵呵的。

「媽媽，包頓餃子多香啊！」

「行啊，好！」媽媽同意道。

爲表露出自己對於烹飪藝術是多麼在行，我指出，用這幾塊碎肉做餃子，實在是又少又差勁。

這下瓦爾瓦拉．伊萬諾夫娜可生氣了，她先是搶白的我面紅耳赤，又把幾根胡蘿蔔狠狠摔到桌臺上，扭身出了廚房。尼古拉向我使眼色解釋道：「鬧情緒呢……」

他坐到長凳上解釋說，女人總是比男人更愛發脾氣，這是她們的天性。這個不爭的事實，早已被一位有聲望的學者——好像是個瑞典人——所驗證。英國人約翰．斯圖爾特．穆勒①（①約翰．斯圖爾特．穆勒（一八〇六—一八七三），英國經濟學家、哲學家）也談過這個問題。

尼古拉非常喜歡指點我，他總是不失時機地，向我腦子裡灌輸一些必不可少的生存常識。我連眼睛都不眨地聽著，之後就把傅科②（②傅科（一六一三—一六八〇），法國物理學家）、拉羅什富科③（③拉羅什富科（一六一三—一六八〇），法國倫理作家）、拉羅什雅克蘭④（④拉羅什雅克蘭（一七七一—一七九四），法國大革命時期保皇派首領）這三位混爲一談，我分不清到底是誰砍了誰的頭——拉瓦錫⑤（⑤拉瓦錫（一七四三—一七九四），法國化學家。法國大革命時期被反革命派殺害）砍了迪穆里耶⑥（⑥迪穆里耶（一七三九—一八二三），法國大革命時期的將軍，屬於保皇派）？還是反過來？那位好小夥眞心希望把我「打造成個人物」，並拍胸脯向我保證這一點。可他缺少時間和其他條件來關照我。孩子氣的自私與輕浮，使得他看不到他母親是如何絞盡腦汁、使出渾身解數，來勉強支撐一個家的。他那個粗笨又沉默寡言的中學生弟弟，則更不操這份心。而我卻早就眞切知道了廚房裡柴米油鹽、斤斤計較的複雜學問。

我親眼看見，一個女人爲了糊弄著塡飽孩子們的肚皮，使盡了各種出色的小把戲，更何況還得想法子，餵飽我這個不修邊幅、笨手笨腳的流浪漢。當然，分給我的每一片麵包，都像是壓在我心頭的一塊石頭。我開始去找些工作，每天一大早就出門，正好省去了家裡的午飯。遇到壞天氣時，我就去那片火災廢墟上或地窖裡乾坐一天。在死貓死狗的撲鼻臭味裡，在暴雨傾盆的嘩嘩聲、凜冽狂風的呼嘯聲中，我很快就明白，上大學對我而言不過是個白日夢。

我要是識相，還不如去波斯①（①伊朗舊稱）。我彷彿看到自己變成了一個白鬍子魔法師，能夠把一顆顆穀粒變成一個個足有一普特②（②舊俄重量單位，一普特≈十六・三八千克）重的蘋果或馬鈴薯。我總能想出一些不壞的點子，來回報腳下這塊土地——不只我一個人，而是許多人正千辛萬苦地，在這塊土地上艱難前行。

我已學會做一些有關非凡傳奇與偉大功勳的白日夢。在那些艱難的日子裡，這可幫了我的大忙。由於這種日子實在是數不勝數，於是我的白日夢越做越起勁。我不曾企盼別人的幫助，也沒有奢望幸運的降臨，我的意志變得愈加堅定。生活多一分艱辛，我就發覺自己又長了一絲力氣，甚至還平添了幾許聰明。我很早就領會到，逆境才能錘煉造就一個人。

爲了不至挨餓，我來到了伏爾加河沿岸的碼頭，在這裡可以輕鬆找到十五到二十戈比的工作。在那些搬運工、流浪漢和小混混中間，我覺得自己像是一枚被塞到炭火裡的鐵塊，每天都有著熱辣辣的強烈感受。我面前是一群五大三粗、有著熾熱渴求的人們——我喜歡他們對生活的憎惡，喜歡他們對世間的一切都滿懷嘲諷與敵意，對自己卻又大大咧咧的。我的親身經歷拉近了我和他們之間的距離，並且燃起了我在這灘「泥沼」裡廝混的渴望。我曾讀過佈雷特．哈特③（③佈雷特．哈特（一八三六—一九〇二），美國作家，以富有地方色彩的加利福尼亞淘金熱小說著稱）的作品，以及其他一些「低級趣味」小說，更激起了我對這個圈子的好感。

職業慣偷巴什金曾是師範學院的學生，吃過不少苦頭，患著肺病。他有板有眼地開導我：

「你啊你，怎麼像個大姑娘似的放不開，是怕丟了名聲嗎？對於姑娘，名聲算是塊寶。可對於你，頂多是個鐵箍。牛倒是名聲好，可它只能吃草！」

巴什金長著一頭紅髮，鬍子剃的溜光，身形瘦小，手腳麻利，活像一隻小貓。他總是罩著我、指點我，我也看出他是眞心希望我能做成點事，過上好日子。他很聰明，讀過不少好書，最偏愛的是那本《基督山伯爵》①（①《基督山伯爵》是法國著名作家大仲馬（一八〇二—一八七〇）的代表作）。

「這本書裡，既有追求，又有眞性情。」他說。

他愛女人，也時常在得意忘形下美滋滋地談起她們，這時他那虛弱的身體開始痙攣。這種病態的痙攣讓我大倒胃口，但我還是津津有味地緊隨他的話題。

「女人啊，女人！」他讚頌著，蠟黃的臉龐因興奮而變得潮紅，黑色的眼睛裡閃爍著無限神往，「爲了女人，我甘願赴湯蹈火。爲女人而奔忙，就如同受到魔鬼的驅使一樣，是無罪的！活一世，愛一場，再沒有比這更來勁的啦！」

他眞是個天生的說書人，張嘴就能給那些妓女們唱出一首首苦情歌。他編的歌傳遍了伏爾加河沿岸的所有城市，順便提一句，那首廣爲流傳的歌就是他的傑作：

生的不漂亮，
窮的叮噹響，
身上沒有好衣裳，

誰會娶我做新娘……

長著一頭黑髮的特魯索夫對我很好。他文質彬彬、穿戴體面，有著像鋼琴家一樣纖長的手指。他在造船廠區那裡有一個掛「鐘錶匠」牌匾的店鋪，不過那鋪子是用於倒賣偷來的贓物的。

「你，彼什科夫②（②作者全名為阿列克謝．馬克西莫維奇．彼什科夫），別學這些偷雞摸狗的事！」他對我說，風度翩翩地撚著自己泛白的鬍子，眯縫著心思縝密又機警大膽的眼睛，「依我看，你該走另一條路，你是個有精神追求的人。」

「什麼叫——精神追求？」

「就是無欲無求，只為滿足好奇心。」

這樣評價我可不夠準確，我經常豔羡別人的。順便說一句，巴什金那副滔滔不絕、妙語連珠的好口才，就很讓我豔羡。我想起了他那則愛情奇遇的開篇：「夜色朦朧，在偏僻的斯維亞日斯克小城①（①位於俄羅斯韃靼自治共和國境內，毗鄰伏爾加河。一五五〇年，伊凡雷帝在遠征喀山汗國的過程中，曾在此建立城堡，並藉此於一五五二年一舉拿下了喀山，後來斯維亞日斯克因伏爾加河水位上漲，形成了伏爾加河河心小島的景觀）裡，我像樹洞中的貓頭鷹一樣在客棧中獨坐。恰逢十月，秋雨綿綿，風兒陣陣吹過，像一個憂傷的韃靼人在吟唱一首歌。那歌沒有結尾，只有『嗚嗚』聲，好似陣陣哀鳴。

「……這時她出現了，翩翩而來，燦若雲霞，清澈的雙眸中假裝流露出眞情。『親愛的，』她用眞誠的口吻說，『你被傷了心，可錯不在我。』我知道這話言不由衷，但我依然相信——它是眞的！那個理智的我對這番話心悅誠服，那個癡情的我對此更是深信不疑！」

他一邊講，一邊有節奏地左搖右晃，時不時半合上眼睛，還頻頻用輕柔的手來揉一揉自己的胸口。

他那低沉的嗓音毫無生氣，但他的每一句話都鮮活生動極了，就像是夜鶯唱出的歌。

我也很羡慕特魯索夫。他講起西伯利亞、希瓦②（②現位於烏茲別克斯坦共和國）、布哈拉③（③現位於烏茲別克斯坦共和國）等地的趣事時津津樂道，講起大主教們的醜惡生活時讓人捧腹，有一次他甚至還神秘地講起了亞歷山大三世④（④亞歷山大三世·亞曆山德羅維奇（一八四五—一八九四，一八八一—一八九四在位），俄羅斯帝國皇帝，亞歷山大二世的次子）：「這個人，天生就是當皇帝的料！」

特魯索夫在我眼中好似小說裡的一位反派人物，會在小說結尾時，出人意料地成爲一名響噹噹的大英雄。

有時，在悶熱的夜裡，這群人會渡過喀山河，到草地上，去灌木叢中，一邊吃點東西、喝點酒，一邊聊聊自己的心事。艱辛的日子、複雜的人情世故，往往都是繞不開的話題，但最爲熱門的還是關於女人。談起女人時，人們的口吻裡夾雜著怨恨與傷痛，有時又很動眞情，並且總像是在漆黑一片中，發現了什麼讓人驚心動魄的光景。在星光晦暗的夜空之下，在悶熱的河灘窪地裡，在茂密的杞柳叢中，我和他們一起度過了兩三個這樣的夜晚。

夜色中，空氣因臨近伏爾加河而變得濕潤，桅杆上的航燈向四面八方移動，像很多金色的蜘蛛爬來爬去。黑黝黝的峻峭河岸上，閃爍著星羅棋佈的燈光——那是從烏斯隆富人區裡酒店與宅邸窗戶中透出的光亮。船舶的外輪片悶聲拍打著水面，水手們在駁船隊間狼嚎般吃力怪叫。不知哪裡有人正在用錘子敲擊的鐵塊錚錚作響，拖出陣陣寂寥的音律——那音律讓你的心微微發燙，憂傷像灰燼一般在心頭灑落。

更平添憂傷的，是側耳傾聽人們的竊竊私語——他們都在反思人生，每個人都會談起自己，又幾乎都在自言自語。他們在灌木叢下或坐或躺，吸著俄式煙捲，偶爾——並不貪多——喝點伏特加或是啤酒，順著記憶之路追溯從前。

「我曾碰到過那麼件事……」黑暗裡不知是誰趴在地上說。

聽完這段講述，人們紛紛贊同：「常會遇到這樣的事，都是這樣的……」

「曾遇到過」「常是這樣的」「以前常有的」——聽到這些，我覺得在這個夜晚裡，這些人似乎都已經到了生命的最後時刻，一切對他們而言都已成爲過去式，而將來再也不會發生什麼了。

這使我疏離了巴什金與特魯索夫，但我仍然很喜歡他們。如果我步他們後塵，那麼我之後的經歷也都顯而易見了。我那一心向上的願望與繼續求學的努力不斷受阻，這種境地也在無形中將我一把推向了他們。在那些饑餓、憤懣、憂傷的時刻，我覺得自己若去參與犯罪，一定會很上道，而這罪行也不會是僅僅針對那些所謂「神聖財產制度」的。但年輕人的浪漫情懷，使我最終沒有拐到那條註定自我毀滅的路上。除了佈雷特．哈特的人道主義書籍，以及一些低級趣味小說之外，此時的我已經閱讀過不少嚴肅書籍——它們激勵著我為某個目標而努力。雖然那目標並不明朗，但遠比我所見到的一切都更有意義。

在那段時間裡我結識了很多人，也有了很多新的感受。在葉甫列伊諾娃①（①尼古拉．葉甫列伊諾夫的母親）家旁邊的廢墟空地上，有很多中學生聚在一起玩擊木遊戲②（②俄羅斯遊戲，雙方在地面上畫圈，一方把木棒豎在裡面，另一方站在外面投擲木棒，將木棒擊出圈外最多被視為獲勝）。他們中的古里．普列特尼奧夫很讓我著迷。他皮膚黝黑，頭髮偏藍色，臉上好似擦過火藥一樣長了些小雀斑，像個日本人。他永遠是個樂天派，玩遊戲時靈巧輕快，爭辯起來時伶牙俐齒，天資聰穎，樣樣精通。而且，就像所有稟賦過人的俄羅斯人一樣，他完全仰仗這點天分過活，壓根不努力，也不去繼續深造。他熱愛音樂，有著敏銳的聽覺與非同尋常的音樂觸角，能用專業水準來演奏古斯里琴①（①俄國古代的一種多弦的絃樂器，類似中國的古箏）、巴拉萊卡琴②（②俄羅斯民間的一種三弦的三角琴）和手風琴，除此之外，他再不去費心鑽研更為艱深的樂器。他窮困潦倒，衣著寒酸。但那身皺皺巴巴的破襯衣、打著補丁的舊短褲、歪歪斜斜的破靴子，倒是很符合他那豪放灑脫、乾脆俐落、大手大腳的做派。

他就像一個大病初癒、剛能下地的人，或是一個昨天剛剛刑滿釋放的囚犯——生活中的一切對他來說，都是新鮮動人的，一切在他看來都好玩極了，所有事情都能讓他像點燃的花炮一樣，在地面上蹦躂。

得知我生活中的困頓與艱辛之後，他建議我搬到他那裡，並去應聘鄉村教師。就這樣，我搬到了一個奇特又快活的偏遠地方——瑪魯索夫卡大院。大概不只一代的喀山的大學生們知道這個地方。這是雷布諾里亞特大街上一幢破舊不堪的房子，彷彿已被那群饑腸轆轆的學生、妓女，還有那些渾渾噩噩、行屍走肉般的人們，從房主那裡奪了過來。古里搬到了走廊裡樓梯下面的隔間，那兒放著他的床鋪，走廊盡頭的一扇窗戶下面還有一張桌子、一把椅子——總共就這幾樣傢俱。走廊裡還有三個住戶，頭兩戶是妓女，第三戶是一個患了肺病的神學院數學系的大學生。他個子很高，瘦的嚇人，臉上長著一層褐色的茸毛，總是胡亂裹些髒兮兮的破布。那破布上的窟窿更顯出他青筋暴突、骨瘦如柴。

他彷彿是光靠吃自己的指甲過活，非要一直啃到流血似的，沒日沒夜地連畫帶算，還悶聲咳嗽個不停。妓女們怕他，覺得他是個瘋子，但出於憐憫，又往他的門口扔些麵包、茶和糖。他像一匹疲憊的馬兒般呼哧呼哧喘著粗氣，把包裹從地板上拾起來拿走。如果妓女們忘記了或是因故未能給他帶來吃的，他就會敞開屋門，衝著走廊裡大喊：「麵包！」

他那深陷進黑眼窩的眼睛裡，閃爍著狂熱者的高傲。他因自命不凡而倍感幸福。偶爾會有個矮個子羅鍋兒瘸著腿來看他。那羅鍋兒的胖鼻頭上架著一副深度眼鏡，長著花白的頭髮，黃臉龐上帶著閹割派①（①也稱「修心派」，俄國十八世紀末期的宗教流派，力主掙脫「世俗生活」的羈絆。教徒需淨身，以便「拯救靈魂」）清教徒式的狡詐微笑。他倆大門緊閉，在詭異的寂靜中，一個鐘頭接一個鐘頭悶坐在一起。只有一次夜裡，我被數學家一聲嘶啞的吼叫驚醒了：「我說那是——監獄！幾何學——牢籠！圈套！是的，監獄！」

那羅鍋兒尖著嗓子嘿嘿竊笑，反複念叨著一個拗口的單詞。此時數學家突然爆出一聲怒吼：「見鬼去吧！滾！」

那位客人尖叫著被趕出來時，身上已裹好了一件寬大的披風。高個子數學家站在門檻上，臉色難看的駭人。他把手指插進亂糟糟的頭髮，嘶啞地說：「歐幾里德②（②歐幾里德（約前三三〇—前二七五），古希臘數學家，著有《幾何原本》）——傻瓜！傻——瓜……我將證明，上帝要比這個希臘人更聰明！」

然後就猛一下子關上了門，那動作太大，以至於把他房間裡不知什麼東西，咚的一聲震到了地上。

我很快得知，這個人是想從數學角度來證明上帝的存在，但他還沒來的及做到這一點就過早死去了。

古里在一個印刷廠裡當夜班校對員，一晚上能賺十一戈比。如果我一時間沒能賺到錢，那麼我們在一天裡就靠著四俄磅③（③俄制重量單位。一俄磅≈四〇九．五一克）的麵包、兩戈比的茶和三戈比的糖過日子。我沒有足夠的時間用來工作——時間應該用來學習。我艱難地掌握了一些偉大著作中的科學知識，那些艱澀生僻、形式刻板的語法，讓我備受折磨。我壓根不會把活靈活現的勞動人民的語言，塞到那些語法套路裡。但有一點讓我很是開心——原來我「太過超前」地開始了學習，就算我能順利通過鄉村教師的考試，也會因年齡過小而得不到那個職位。

古里和我睡在同一張床鋪上——夜裡我睡，白天他睡。熬過通宵之後的清晨，他臉色青黑、眼睛紅腫地回來了。我在這時去小酒館裡打開水。俄式茶炊④（④俄式茶炊多以銅或銀等金屬製成，包括炭爐、煙道、容器等）我們當然是沒有的。之後我們就坐在窗邊喝茶、吃麵包。古里跟我講報紙上的新聞，讀一個筆名爲「紅色多米諾」的酒鬼小品文作家寫的滑稽詩。他對生活那副漫不經心的調侃態度，讓我很驚訝。在我看來，他也採用了同樣的態度，來應付胖婆娘加爾金娜。那個胖婆娘平日裡靠倒賣花衣裳賺點小錢，同時也兼做拉皮條的營生。

古里雖然從這個婆娘手裡租來了樓梯下的隔間，不過壓根沒錢來付「房間」租金。於是他就講幾個開心笑話，用手風琴拉幾首動人的歌，靠這些小把戲來「繳」房租。當他唱起男高音的時候，俏皮的眼睛裡就會閃過幾點嘲弄的小火花。胖婆娘加爾金娜年輕時，曾在歌劇團裡當合唱演員，能知曉歌曲的含義。她聽著聽著，幾滴眼淚就會從那雙不知羞恥的眼裡滾落，又順著那張酒鬼兼貪吃鬼的冬瓜臉一一滑落。每到這時，她都會用肉乎乎的手指把淚痕從臉上抹去，又掏出一塊髒兮兮的小手絹仔細擦乾手指。

「哎喲，小古里啊，」她讚歎道，「您真是個像模像樣的演員！您要是再稍稍英俊點，我就給您介紹個好姻緣！我幫多少年輕人找到了女人哪！那些女人們原本可都在獨守空房！」

那群「年輕人」中的一個，就住在我們樓上。他是個大學生，毛皮匠工人的兒子，中等個子，胸膛寬闊，畸形的大腿卻細溜溜的，一雙腳上穿著像女人穿的小鞋子——整個身軀看起來像是個倒三角形，但下面的角又被撅折了。他的頭也很小，深深地插進肩膀裡，頂著一頭硬挺挺的棕色頭髮，一張憂鬱又蒼白的臉上毫無血色，還瞪著一雙綠色的泡泡眼。

他勉爲其難地上完中學後，就違背父親的意願考入了大學，一度忍饑挨餓，像一隻無家可歸的流浪狗。在發現自己有著寬廣醇厚的男低音後，他又萌生了去學演唱的想法。

加爾金娜抓住了這點，把一個四十來歲的富商妻子介紹給他。那富商妻子的兒子已經上大學三年級了，女兒已經讀完了中學。富商妻子是個瘦削乾巴的平胸女人，腰桿像軍人一樣筆挺，長著禁欲修女般乾瘦的臉龐，一雙大大的灰色眼睛，深陷在黑色眼眶裡。她身穿一襲黑色的連衣裙，戴著過時的絲質帽子，耳朵上嘡啷著翡翠色的寶石耳墜。

她有時會在晚上或者大清早來找大學生。我不只一次地看到這個女人一下子蹦進大門，又邁著果斷而堅定的步子穿過庭院。她那張臉看起來有點可怕，嘴唇抿的都快看不見了，眼睛反而瞪的大大的，像個瞎子一樣愁腸滿懷、悵然若失地望著前方。她那份緊張不安揪扯著她的身體，扭曲了她的臉龐，使她看起來怪模怪樣。明明不是怪物，卻左看右看都像個怪物。

「看哪，」古里說，「這個沒腦子的女人！」

大學生很討厭這個富婆，總躲著她，而她則像個狠心債主或專業間諜一樣對他窮追不捨。

「我這麼沒出息的人！」他藉著酒勁後悔地說，「幹嘛要學唱歌？憑我這張臉，這身材，他們壓根不會讓我上臺的！不會！」

「趕緊快刀斬亂痲呀！」古里建議道。

「是的，我煩她！但是——我又憐憫她！你們要是知道她有多麼——唉……」

我們當然知道，因為我們大夥兒都聽到過，這個女人大半夜的站在樓梯上，用顫抖的嗓音小聲哀求：「看在上帝的分上，我的小心肝，求你了！」

她是個大工廠的女主人，有很多豪宅、馬匹，還為產科學校捐過上千盧布。但她又像個可憐巴巴的叫花子，只為討來一點點男人的撫愛。

一小時後古里躺下睡覺，而我出門去找工作。等傍晚我回到家時，古里又要去印刷廠幹活了。如果我帶回了麵包、香腸或是切好的雜拌，就一分兩份，讓他把自己那份帶走。

獨自一人的時候，我會沿著走廊或是瑪魯索夫卡大院裡的小巷溜達，看看我身邊新的人群都是怎麼過日子的。那些房子都像螞蟻窩一樣塞滿了人，裡面瀰漫著一股酸臭的味道。所有角落裡都藏著密密麻麻的身影，射來充滿敵意的目光。這裡從早到晚都是一片嘈雜。縫紉機嗒嗒作響，歌劇班合唱團員高聲吊嗓子，大學生低聲哼唱曲譜，醉鬼正振振有詞，瘋瘋癲癲的戲子在胡言亂語，醉酒妓女們在歇斯底里地叫嚷……所聞所見，都讓我不由得產生了一個難以解答的疑問：

「這一切是爲什麼？」

在那群饑腸轆轆的學生中間，有一個整日閑晃的棕髮小夥子。他有些謝頂，長著高高的顴骨，腆著大肚子，有一雙細長的腿，闊大的嘴裡有著一口馬兒般的牙齒——因爲這一口牙，他得了個綽號「紅毛馬」。他花了三年的時間，跟一群在辛比爾斯克①（①俄羅斯城市烏里揚諾夫斯克的舊稱）做生意的親戚們打官司，並對身邊每一個人宣稱：「我活夠了！我要把他們一個不剩地毀掉！我要讓他們全都變成赤條條的窮光蛋，滿世界去討吃要飯，討上整整三年！然後我再把從他們那兒搶來的一切統統還給他們，統統還回去！再扔給他們一句：『怎麼樣，死鬼們，夠勁不？』」

「那——紅毛馬，你活在世上難道就是爲了這個？」人們紛紛問他。

「要知道，我一門心思撲在這上，對別的事壓根沒心思！」

他長年累月地在地方法院與律師所之間奔波，經常在晚上乘馬車回來，帶回一大堆的紙袋、包裹、酒瓶，在他自己那間天花板掉落、地板塌陷的邋遢房間裡，把大學生、縫衣工——所有想吃大餐、喝小酒的人，統統召集到一塊，組織一場熱熱鬧鬧的酒會。紅毛馬只喝朗姆酒①（①一種以甘蔗糖蜜爲原料生產的蒸餾酒，也被稱爲「蘭姆酒」「藍姆酒」。口感甜潤，芬芳馥郁），還把酒漓漓拉拉灑到桌布、連衣裙甚至地板上，留下一塊塊洗不掉的深褐色酒漬。

他在喝醉後常會大喊：「親愛的小鳥們，我愛你們！你們都是誠實的公民！而我——是個卑鄙下流的傢伙！是隻鱷魚！我要把我那群親戚統統撕成碎片！我可以！上帝啊！我拼了老命也要……」

醉鬼紅毛馬心碎萬分地眨了眨眼，高顴骨的怪臉上淌下一行行熱淚。他用手掌把淚珠從臉頰上抹掉，又蹭到膝蓋上——那條燈籠褲總是油膩膩的。

「你們怎麼過活呢？」他喊，「挨餓受凍，穿的破破爛爛——這算什麼規矩？過著這樣糟糕的日子，還悶頭瞎學什麼呢？唉，要是讓沙皇陛下知道了你們這種日子啊……」

他趕緊從口袋裡掏出一大把花花綠綠的鈔票，大喊：「弟兄們，想要錢的就儘管拿吧！拿吧！」

那些歌女和縫衣工們急急忙忙衝過去，想從他那毛茸茸的手裡搶錢，可他卻大笑著說：「這可不是給你們的！這是送給大學生們的！」

但是大學生們並不去碰那錢。

「讓那臭錢見鬼去吧！」毛皮匠的兒子怒氣沖沖地喊。有一次，他自己也喝醉了，將一把揉成硬紙團的十盧布紙幣扔到古里面前的桌上，說：「就這玩意兒，你要嗎？我可用不著……」

他倒在我們的床鋪上，又是哭又是吼的，於是我們只好灌水、澆臉來給他醒酒。在他醒來後，古里試著想把那堆紙鈔展平，但根本做不到——它們被攥得太緊了，只有浸濕了才能一張張分開。

紅毛馬那個煙薰火燎的髒房間，像噩夢般局促、憋悶、嘈雜，窗戶正對著隔壁房子的石牆。紅毛馬的嗓門比周圍住戶的都大。我問他：「您幹嘛住在這裡，而不是旅店裡呢？」

「親愛的朋友，爲了心靈！和你們在一起，我的心裡熱乎乎的！」

毛皮匠的兒子對此很贊同：「沒錯！紅毛馬，我也是！換個地方我就完蛋啦！」

紅毛馬央求古里說：「彈個曲子、唱首歌吧！」

古里把古斯里琴架在膝蓋上，邊彈邊唱：

「紅彤彤的太陽，你升起來吧，升起來……」

那婉轉的歌聲撩人心弦。

紅毛馬的房間裡沉靜下來，所有人都在如泣如訴的歌聲與古斯里琴的輕柔樂音中陷入沉思。

「唱的太棒了，小鬼！」那個富婆的倒楣相好喊道。

在這幢老房子的古怪房客中，古里．普列特尼奧夫是最機靈的，他的名字就意味著快樂，好似神話裡的幸運星一樣。他的心靈閃動著年輕人的光彩，他那一串串笑話、一首首動聽的歌，像是生活中的一道亮光。他辛辣痛快地諷刺那些陳規陋習，放肆調侃生活中的野蠻不公。他只不過才二十歲，從外表上看甚至還沒成年，但在這幢房子裡，所有人都把他當作一個成人看待。無論日子多麼困頓窘迫，他依然能給出睿智而又有見地的回答，並且總能給別人幫上忙。好心人都喜愛他，那些壞心眼的人則懼怕他，甚至連老崗警①（①沙俄時期在城市十字路口值崗的員警）尼基弗雷奇，也常常擺出狐狸式的狡獪微笑，來跟他殷勤寒暄。

瑪魯索夫卡大院是上山必經的地方，把雷布諾里亞特與老戈爾舍齊納這兩條街連接起來。尼基弗雷奇的崗亭座落於老戈爾舍齊納街上，離我們住處大門不遠的一個僻靜角落裡。

這位高挑瘦削的老頭，是我們這個街區的老警官，身上掛滿了勳章。他看上去很會鑽漏洞，笑容親切和藹，眼神裡卻透著狡詐。

他對於這個人來人往的移民區非常警惕，每天都會腰桿筆挺地出現在大院裡，認眞巡視好幾輪。他不慌不忙地走來，透過房間窗戶窺探一番，像是動物園的看守員察看籠子裡的野獸。就在這年冬天①（①據相關資料記載，時爲一八八六年一月至二月間），他從一個房間裡逮捕了獨臂退役軍官斯米勒諾夫和士兵穆拉托夫。這兩人都是聖喬治勳章獲得者，曾參與過斯科別列夫上將②（②米哈伊爾．德米特里耶維奇．斯科別列夫（一八四三—一八八二），俄國軍事家、步兵上將、中亞征服者。一八八〇年至一八八一年率軍遠征土庫曼阿哈爾捷金（著名的汗血寶馬—阿哈爾捷金馬產地）。隨後晉升陸軍上將，並獲得一級聖喬治勳章）率領的阿哈爾捷金遠征。一起被捕的還有佐布寧、奧夫相金、格里格利耶夫、克雷洛夫等人。

他們曾試圖建一座秘密印刷廠。穆拉托夫與斯米勒諾夫曾在某個周日的白天，來到位於熱鬧街區的克柳奇尼科夫印刷廠偷竊鉛字，因而被逮捕。還有一天夜裡，憲兵隊在瑪魯索夫卡大院裡，抓住了那個被我們稱爲「活鐘樓」，整日愁眉苦臉的大高個。次日清晨，古里聽到這個消息後，憤慨地揪著自己的黑頭髮對我說：「瞧瞧啊，馬克西梅奇③（③俄國人名分爲名、父名、姓，在日常生活中，常見單用父名來稱呼對方。馬克西梅奇是作者的父名馬克西姆的昵稱）！真是見鬼！兄弟，快幫我跑一趟捎個信吧！趕快啊，趕快！」

在講完地點之後，他又補上了一句：「小心點啊！說不定那裡有探子！」

在得到這個神秘任務之後，我像雨燕一樣逕直飛到了造船廠區。在一間陰暗的銅匠鋪子裡，我看到一個眼睛湛藍、一頭捲髮的年輕人。他正在給一口鍋鍍錫，但看起來並不像個工人。在角落裡的一堆老虎鉗旁，一個白頭髮上紮著細皮繩的小個子老頭，正在忙著打磨水龍頭。

我問那個老銅匠：「請問您這裡有工作嘛？」

老頭兒生氣地回答：「我們——有工作，至於你——沒有！」

年輕人向我投來匆匆一瞥，又埋頭忙著修鍋了。我悄悄用腿碰了碰他的腿，他吃驚又氣惱地用藍眼睛瞪著我，手裡抓住鍋，好像要把鍋朝我摔過來似的。但看到我在衝他使眼色後，又語氣平和地說：「你出去吧，出去吧……」

我又朝他使個眼色就出門了。捲毛伸了個懶腰，也出了門，不聲不響地跟在我身後，點起一支煙。

「您——是吉洪麼？」

「哦，是的！」

「彼得被捕了。」

他氣鼓鼓地蹙著眉頭，緊緊盯著我。

「哪個彼得？」

「高個子，長得像教會助祭的那個。」

「還有呢？」

「別的就不知道了。」

「那個助祭彼得，或是別的什麼人，和我有什麼相干？」銅匠反問。但他這番問話越發讓我堅信，他絕對不是個工人。我興沖沖地跑回家。我已完成了任務，這可是我第一次參加「地下活動」。

古里和他們走的很近，但對於讓我加入這個組織的請求，他回應道：「對於你啊，為時尚早！你還是該去學習……」

02

尼古拉．葉甫列伊諾夫把我介紹給了一個神秘的人①（①即別列津，曾於一九〇七年出任第二屆國家杜馬主席，十月革命後就職於合作保險協會）。這次精心安排下的會面，讓我感到了一種非同尋常的嚴肅氛圍。葉甫列伊諾夫把我領到了城外的阿爾斯科平原②（②位於喀山市東北方向的小城鎮阿爾斯科附近），並在路上提前叮囑我，對於這次會面必須非常謹慎，並嚴格保守秘密。之後，葉甫列伊諾夫指著遠方一個在空曠原野上緩慢行走的灰色小人影，看了我一眼，悄聲對我說：「就是他！跟著他，直到他停下來後，就走上前去告訴他『我是新來的』……」

秘密行動總是讓人愉快的，但此時我卻覺得有點搞笑——炎熱的大白天裡，在原野上，一個像灰色草梗般的人影——就這些了。一直走到墓地大門口，我才看到自己面前的年輕人，有著一張精緻而冷漠的臉龐，一雙像小鳥的圓眼睛裡射出凜然的目光。他穿著中學生式的灰色大衣，衣服上閃亮的扣子已經掉了，補上了黑色骨扣。破舊的帽子上還留有帽徽的痕跡。總的來說，他還未褪去青澀，卻在努力表現自己已然是個成年人了。

我們在墓地旁邊的灌木叢樹蔭裡坐下。他說話既冷漠又正統，我自始至終都不喜歡。在嚴肅詢問我都讀過哪些書之後，他建議我爲他組建的一個組織做些事，我表示同意，然後我們就互相告別了。他先走一步，走前還一再回頭，謹愼查看空無一人的田野。

那個組織裡又加入了三四個年輕人，我是這裡最年輕的，對於學習車爾尼雪夫斯基③（③尼古拉·加夫里諾維奇·車爾尼雪夫斯基（一八二八—一八八九），俄國革命家、哲學家、作家和批評家，人本主義的代表人物）所詮釋的約翰·斯圖爾特·穆勒著作也毫無準備。我們在師範學院學生米洛夫斯基①（①謝爾蓋·尼古拉耶維奇·米洛夫斯基（一八六一—一九一一），時爲神學院學生，喀山小組領導人之一）的房間裡舉行聚會。之後米洛夫斯基採用葉烈奧恩斯基的筆名寫了一些故事。寫完五本書之後他自殺了——就像我所遇到的很多人一樣，恣意結束了自己的生命。

米洛夫斯基是個少言寡語、謹小愼微的人。他住在那幢骯髒兮兮的房子的地下室裡，做些易於「實現身心平衡」的細木工活。和他在一起簡直乏味極了。穆勒的作品對我也毫無吸引力。之後不久，我又得以接觸到一些基本的經濟學原理。我似乎早已熟知它們，輕而易舉就對它們心領神會。在我看來，對於所有靠出賣體力來給別人換取溫飽的人而言，這些個條條款款早都顯而易見了，根本不值得費力去寫這樣一本厚重艱深的書。這個地下室裡有一股刺鼻的膠水味道。我一邊百無聊賴地盯著潮蟲，在骯髒的牆皮上爬來爬去，一邊硬生生熬著，乾坐兩三個鐘頭。

有一次，老師沒有按時來，我們以為他不會來了，於是打算喝點小酒。我們買來了一瓶伏特加、一些麵包和黃瓜。突然，窗戶旁閃過了老師的灰色長褲。我們剛剛把伏特加藏到桌子底下，他就出現在我們面前，並開始講述車爾尼雪夫斯基的高深論調。我們幾個人都像木偶一樣僵坐在那裡，大氣都不敢出，生怕其中哪一個把酒瓶給踢翻了。那個酒瓶後來被指導老師自己踢翻了。他低頭看了看桌下，一句話都沒說。唉，還不如讓他把我們狠狠訓一頓呢！

他板起臉來，一言不發，眼睛氣得眯了起來。這下可把我嚇壞了。我緊皺眉頭，瞟到我那幾個同夥，正因爲羞愧難當而憋紅了臉。我感到自己在老師面前變成了一個犯人，並打心眼裡後悔的要命——雖然買伏特加並不是我出的餿主意。

聽他講課眞是太枯燥了，我很想去一趟韃靼區，那裡住著淳樸善良、熱情好客的人們，他們有著簡單質樸、別具一格的生活方式，說著怪裡怪氣的俄語。每到晚上，高聳的清眞寺塔上，會傳來奇怪的嗓音，召喚大家去做禮拜。我想，韃靼人的生活對我而言是獨特而陌生的，它與我所見到的、讓人不悅的那些人生完全不同。

伏爾加河上的勞動歌曲，深深迷住了我。我仍清晰記得第一次聽到勞動頌歌的那一天。那歌聲中英雄史詩般的詩意情懷，讓我至今爲之沉醉。

一艘滿載波斯貨物的大型商船，在喀山附近觸礁擱淺，碼頭搬運組的工人們帶著我一起去卸貨。正值九月，狂風從上游席捲而來，在灰色的河面上，憤怒的波濤順流滾滾而下。狂風鏟平了波峰，將一陣凍雨淋在水面上。搬運組的五十多個工人，身上裹著草席和粗布，一臉愁容地待在空駁船①（①空駁船是用來運載貨物或旅客的一種船，一般沒有動力裝置，多透過拖船拉著或推著行駛）的甲板上。一艘小拖船氣喘吁吁地拽動著空駁船，在凍雨中飛濺出一束束水花。

黃昏時分，濕潤的鉛灰色天空漸漸暗了下來，夜幕降臨到河面上。搬運工們一邊抱怨，咒罵著讓人渾身濕透的凍雨、大風和生活，一邊懶洋洋地在空駁船的甲板上爬來爬去，儘量躲避嚴寒和雨滴。在我看來，這些半睡半醒的人們，心有餘而力不足，是沒法把那批貨物從擱淺商船上拯救出來的。

夜半時分，小拖船拖拽著空駁船，駛到了淺灘附近。搬運工們把空駁船和擱淺商船，甲板挨甲板地緊緊停靠在一起。工長是個惡毒的老頭，一個狡猾的、滿嘴髒話的痲子，長著老鷹般的鼻子和眼睛。他從禿頂上擼下濕漉漉的帽子，用女人般的腔調大聲喊：「祈禱吧，弟兄們！」

一片漆黑的甲板上，搬運工們三個一群、五個一夥聚在一起，像熊一樣悶聲悶氣地祈禱。那個老頭最先結束了禱告，尖聲叫喊：「點燈嘍！夥計們，露一手吧！老老實實幹吧，孩子們！上帝保佑——開工嘍！」

於是，疲憊不堪、渾身濕透的人們開始「露一手」了。準確地說，他們此刻被扔到了即將沉沒的商船的甲板上，被扔到船艙裡，打算背水一戰。工人們吆喝著、叫嚷著，還不時冒出幾句俏皮話。一袋袋大米、一包包葡萄乾，皮革和羊羔皮，像輕飄飄的羽絨枕頭那樣，在我身邊飛來飛去。他們健壯敦實的身軀閃來閃去，喊著號子、吹著口哨，順帶罵罵咧咧，互相打氣鼓勁。我難以相信，這群輕鬆、快樂又起勁工作的人群，就是剛剛那群倦怠不堪、愁眉不展，沮喪地抱怨生活、凍雨和嚴寒的人群。雨點更加稠密了。風越吹越猛，狠狠揪扯著人們的襯衣，一直掀到了頭頂，亮出人們濕漉漉的肚皮。

在一片潮濕與黑暗中，藉著六盞燈微弱的光線，隱約顯出幾個黑色的人影，正在商船甲板上挪動著腳步。他們彷彿對這場苦戰期待已久，一刻不停地搬運那些四普特重的大袋子，扛起一包包貨物疾步快跑。他們把勞動當成玩樂，摻雜著孩子般的開心快活，又帶著擁女人入懷般的甜蜜與陶醉。

一個留鬍子的大塊頭男人，穿著緊腰細褶長外衣，渾身濕漉漉的，看起來像是搬運組的老闆或是代理人。他突然興奮地喊：「小夥子們！本人賞你們一維德羅①（①俄國液量名稱，一維德羅≈十二・三升）好酒！兩維德羅也成啊！我的搗蛋鬼們！好好幹吧！」

幾個聲音立即從四面的黑暗角落裡甩出：「三維德羅！」

「三維德羅沒問題啊！」

於是，工作更加熱火朝天了。

我也接住個包裹，連拖帶拽，扔到一邊，然後又重新跑回去，接住下一個。我覺得，自己和身邊的一切，都在一個瘋狂的舞池中快速旋轉。一天天、一年年，這些人都在愉快勞作，完全不知疲倦，毫不心疼自己。他們甚至能搬起鐘樓和高塔，想把喀山城搬到哪兒，就能搬到哪兒。

我從未像今晚這樣痛快。一個願望開始在我心裡湧動——一輩子就埋頭幹這份風風火火的快活工作。浪花在船舷邊舞動，雨點摔打在甲板上，風在河面上呼嘯。朝霞映照的濃霧裡，一群袒胸露背的人們正加倍賣力、不知疲憊地奔忙。他們喊叫著、大笑著，炫耀著過人的體力和漂亮的工作。一陣大風扯碎了厚重的雲朵，從一小片明朗的藍天中，射出了緋紅的晨曦。快活的壯漢們甩著濕漉漉的頭髮，用開心的吼叫迎接著初升的太陽。真想給這些全然忘我、幹勁十足的傢伙們來個擁抱和親吻！

這樣快活而高強度的工作中所蘊含的力量，似乎足以對抗一切。它能讓大地上所有奇蹟一同綻放，能一夜之間在大地上建起漂亮的宮殿和繁華的城市，宛如神話裡出現的那樣。才過一兩分鐘，太陽就不敵烏雲，像墜入大海的孩子般被後者吞沒了。細小的雨滴轉眼就變成了傾盆暴雨。

「收工吧！」不知誰在喊。但別人暴怒的回答緊隨其上：「你敢！」

直到下午兩點，貨物還沒被卸完，衣衫不整的人們仍在如注的大雨、刺骨的寒風中無休止地忙碌著。這真是讓我心生敬畏。人世間，竟然有著如此強大充沛的力量。

卸完貨後，人們都回到了小拖船上，像醉鬼一樣睡著了。船駛到喀山後，他們像灰色的泥漿一樣湧上沙灘，走進小酒館，打算喝光那三維德羅伏特加。

在那裡，小偷巴什金向我走來，上下打量著我問道：「他們讓你幹些什麼？」

我滿心歡喜地向他講述了我的工作，他聽罷歎了口氣，很不以爲然地說：「傻瓜！比白癡還不開竅！」

他打著口哨，甩著肩膀，像魚一樣穿過一排排桌縫，溜走了。他身後的搬運工們，正在熱熱鬧鬧地大吃大喝。角落裡，不知是誰高聲唱起了下流的小曲：

「嘿，深更半夜的花園裡，
闊太太們跑來找樂子！」

十幾個漢子扯著嗓門開始狂吼，還用手掌在桌上敲著拍子，那動靜快把房頂掀翻了：

「守夜人晚上來查更，
卻見那太太躺在地上……」

哈哈大笑聲、口哨打趣聲，還有不知天高地厚的吹牛扯皮——各種聞所未聞的吵嚷此起彼伏、鬧個不停。

有個人將我介紹給了開雜貨鋪的安德烈·捷連科夫。他的鋪子藏在一條破舊窄巷的盡頭，緊鄰一條垃圾填埋溝。

捷連科夫和善的臉龐上，蓄著銀灰色的鬍鬚，長著一雙深邃機敏的眼睛，一隻手臂患了麻痹症。他有著堪稱全城最棒的圖書館，裡面藏有很多禁書和稀有的書籍。很多喀山學校的學生和革命策劃者都來這裡借書。

捷連科夫的小雜貨鋪，就在一幢住宅附屬的矮房裡，那幢住宅的主人是個閹割派教徒，做著銀錢兌換的生意。小雜貨鋪有道門通往矮房中的一個大房間。大房間裡有一扇朝向院子的窗戶，勉強透進來幾分微弱的光線。在那大房間後面是窄小的廚房。在廚房後面、小雜貨鋪和大房間之間的陰暗角落裡，有一個儲藏室。那裡就是秘密圖書館的藏身之地。它的部分藏書，是用蘸水筆手抄在厚本子上的，例如拉夫羅夫①（①彼得·拉夫羅夫維奇·拉夫羅夫（一八二三—一九〇〇），俄國哲學家、社會學家和政論家，革命民粹主義思想家）的《歷史性的書信》、車爾尼雪夫斯基的《怎麼辦？》、皮薩列夫②（②德米特里·伊萬諾維奇·皮薩列夫（一八四〇—一八六八），俄國政論家、文學評論家、民主革命者）的論文集，以及《沙皇就是饑餓》③（③俄羅斯科學家、生物化學學派創始人阿列克謝·尼古拉耶維奇·巴赫（一八五七—一九四六）於一八八三年參加民粹派時所著）、《巧妙的圈套》④（④俄羅斯統計學家、經濟學家瓦西里·耶格洛維奇·瓦爾扎爾（一八五一—一九四〇）於一八七四年所著）等。這些手抄本都被讀的皺皺巴巴、殘破不堪。

我第一次來到小雜貨鋪的時候，捷連科夫正在忙著招呼顧客，衝我點頭讓我去那大房間裡等他。我走進房間，看到在黑暗的角落裡，一位很像謝拉菲姆．薩羅夫斯基⑤（⑤謝拉菲姆．薩羅夫斯基（一七六〇—一八三三），二十世紀初期被東正教會尊爲聖徒）的小老頭，正跪在地上虔誠地禱告。一看到這個小老頭，我就覺得很反感，彆扭極了。

人們跟我談起捷連科夫時，都說他像一個民粹主義者。在我看來，民粹主義者就是革命者，而革命者是不需要信仰上帝的。於是這個信仰上帝的老頭，在這幢房子裡就顯得太多餘了。

結束禱告後，這個小老頭撫平了花白的頭髮和鬍鬚，打量了我一下，說道：「我是安德烈的父親。您是誰呢？是你啊？我還以爲是個化了裝的大學生呢。」

「爲什麼大學生要化裝呢？」我問道。

「哦，的確，」老頭小聲回應，「不管怎樣化裝，也瞞不過上帝的眼睛。」

他轉身進了廚房，我靠著窗戶坐下想著心事。猛然間我聽到一個聲音：「喲，這就是他呀！」

在廚房門口站著一個穿著白色衣衫的姑娘，她那閃著光澤的頭髮修的很短，蒼白、圓潤的笑臉上，一雙藍眼睛閃閃發亮。她很像那種廉價翻印油畫上的小天使。

「您怎麼被嚇到了？難道我很可怕嗎？」她用顫抖的聲音輕輕的說，倍加小心地慢慢走到我身邊，一路扶著牆，好像她腳下不是結實的地板，而是滑溜溜、蕩悠悠的鋼絲繩。這麼奇怪的走路方式，更加顯得她像是來自另一個世界。她邊走邊哆嗦著，彷彿有很多針刺進了她的腳底，而牆壁又燙到了她那孩子般的小胖手。她的手指很奇怪地不能動彈。

我一言不發地站在她面前，感到一陣莫名的惶恐不安和錐心的深切同情。在這個房間裡，一切都那麼不同尋常。

姑娘小心翼翼地坐在椅子上，彷彿怕那椅子會突然從腿下不翼而飛一樣。她輕描淡寫地告訴我（換別人可不會這樣做），僅僅在五天前，她剛開始下地行走，在這之前，她因為手腳不能動彈，已在床上躺了整整三個月。

「我得了一種神經性麻痹症。」她微笑著告訴我。

我至今記得，當時的我，非常期望能找到其他原因，來解釋她的病情。對於身處於這樣一個古怪房間中的姑娘而言，神經性麻痹症這種解釋，實在是太過單薄了。這個房間裡的一切東西，都怯生生地緊貼著牆面，而在角落裡，聖像前的長明燈火又太過耀眼，在大餐桌的白色桌布上，銅製鐵鏈的黑影也在莫名其妙地晃動。

「他們總在我面前講起您，現在我想好好看看您是什麼樣子的。」我聽到了孩童般纖細的嗓音。

這個姑娘用令人尷尬的目光打量著我，我看到那雙藍眼睛正在敏銳地解讀著什麼。我做不到、也不懂得如何跟這個姑娘談話。於是我默不作聲地盯著掛在牆上的赫爾岑①（①亞歷山大·伊萬諾維奇·赫爾岑（一八一二—一八七〇），俄國政治活動家、作家、哲學家、政論家）、達爾文、加里波第②（②朱塞佩·加里波第（一八〇七—一八八二），義大利民族解放運動的領袖）等人的畫像。

從小雜貨鋪裡急匆匆跑來個與我同齡的少年，一頭淺色頭髮，瞪著不懂禮貌的眼睛。他一邊蹦到廚房，一邊用斷斷續續的聲音喊：「瑪麗婭，你怎麼爬起來了？」

「這是我的弟弟阿列克塞，」姑娘說道，「我本來在產科學校學習，不巧得了現在這個病。您怎麼不吭聲？您怎麼那麼靦腆？」

安德烈·捷連科夫來了，他把自己那隻殘疾的手伸進懷裡，默不作聲地撫摩著妹妹柔順的頭髮，把它們弄的蓬亂，然後開始詢問：「你想找份什麼樣的工作？」

一位褐色捲髮、身材勻稱、眼睛微微有點綠色的姑娘，神情嚴肅地瞅了我一眼，然後就把白色衣衫的姑娘攙扶著帶走了。她說：「夠了，瑪麗婭！」

這個名字太過刺耳，顯然不適合她。

隨後我帶著難以平靜的心情離開了。次日晚上，我又來到了這個房間裡，試著弄清楚那些人是靠什麼在這裡生活的。他們的生活方式眞讓人奇怪。

可愛又和善的老頭斯傑潘·伊萬諾維奇，臉色蒼白的見不到血色，坐在角落裡向我投來一瞥。他微微動了動發黑的嘴唇，默默地笑了笑，彷彿是在懇求：「請別碰我！」

他像是有著不祥預感的驚弓之鳥——我似乎明白了點什麼。

一隻手殘疾的捷連科夫穿著件灰色的上衣，在房間裡側身踱步。那上衣的前襟沾有一些油漬和麵粉，硬的像樹皮。他內疚地笑著，彷彿是孩子在祈求大人們能原諒自己的淘氣。幫他做生意的弟弟阿列克塞，是個懶惰又魯莽的小夥子。第三個兄弟伊萬在師範學院學習，平時住在學生宿舍，每逢節日才回來。他個頭小小的，衣著整潔，頭髮紋絲不亂，活像個舊式小官僚。患病的瑪麗婭住在閣樓上，很少下樓。她一出現，我就覺得很不自在，像是被束手束腳了一樣。

捷連科夫的家務，是靠那個閹割派教徒房東的老婆來打理的。她是個高個頭的冷漠女人，木頭人般的面孔上，長著一雙修女一樣嚴厲的眼睛。她的女兒，有著褐色頭髮的娜斯嘉，也常去那裡閑晃，當她用那雙綠色的眼睛盯著男人的時候，尖鼻子總要一抽一抽的。

捷連科夫家眞正的主人，其實是那些大學、神學院、獸醫學院的學生們。一大群人吵吵鬧鬧地紮成一堆，整日都沉浸在對俄國人民的深切關心、對俄國未來的長久擔憂之中。他們總是爲那些報刊上的文章、剛剛從書中讀到的觀點，以及這座城裡和大學生活中的某些事件所深深觸動，每到晚上，就從喀山的大街小巷中，跑到捷連科夫的小雜貨鋪裡，展開面紅耳赤的激烈爭論，或是在角落裡低聲耳語。他們帶來厚重的書籍，用手指著書上的字句互相爭吵，各自堅持著自己所認定的眞理。

當然，我並不能眞正的理解這些爭論。在我看來，那些爭論中所蘊含的眞理，就像窮人餐桌上，漂在清湯寡水裡的油花，早已被連篇累牘的文字所淹沒了。在我看來，一些大學生，很像那些伏爾加河沿岸、分離派教徒中，埋頭於故紙堆裡的老學究。但我明白，我看到的這些人，正在努力嘗試改善他人的生活。雖然他們的一片眞心，早已被捲入湍急的文字洪流中，但仍有一息尙存。我明白他們在試圖揭開的謎團是什麼，對於怎樣成功揭開這些謎團，我也很感興趣。我經常覺得，在這些學生們的談話中，有我所表達不出的思想，因此我對他們都熱情極了，正如囚徒渴望得到自由一樣。

他們看待我的眼光，好似木工正在端詳一塊能成大器的材料。

「可是一塊好材料啊！」他們就跟街上的小男孩，向同伴炫耀自己在馬路上拾到的五戈比銅幣一樣自豪，在彼此間推崇我。我不喜歡他們用諸如「一塊好材料」或是「人民的兒子」這種叫法來稱呼我。我覺得自己是生活的棄兒，有時會對自己思維能力漸增所帶來的壓力不堪重負。我透過書店的櫥窗，看到一本標題讓我費解的書——《勸誡與格言》①（①德國哲學家亞瑟·叔本華（一七八八—一八六九）所著）。我非常想讀一讀它，於是央求神學院的學生把這本書借給我。

「您好啊！」一頭捲髮、厚嘴尖牙、一副奴才相的未來大主教，用譏諷的腔調衝我喊道，「這個嘛，小兄弟，根本就是一派胡言。給你什麼你就讀什麼好了，那些輪不到你讀的，你就別想了！」

這位「老師」的粗魯腔調深深刺痛了我。那本書，我後來當然買到手了。買書的錢，一部分是我在碼頭工作賺的，一部分是我向捷連科夫借的。這是我所擁有的第一本眞正意義上的書籍，直到現在我還珍藏著它。

總的來說，大學生們對我的要求都相當嚴格。當我讀完《社會科學入門》②（②俄國社會學家、政論家、經濟學家、小說家別爾維・弗列羅夫斯基（一八二九—一九一八）所著）後，我認爲畜牧業對於文化生活的形成作用，被作者過於誇大了，而精明能幹的流浪者和獵人們的地位，卻被貶低了。我把自己的疑慮告訴了一個語文系學生，但他卻擠著自己婆娘般的眉眼，用鼓動煽情的腔調，跟我講了足足一個鐘頭「批判的權利」。

「怎樣才擁有批判的權利呢？首先，應當信仰某種眞理。那您又信仰什麼眞理呢？」他問我。

他甚至還在街上讀書，沿著人行道邊走邊看，屢屢把臉埋進書裡撞到別人。當他因斑疹傷寒病倒的時候，他還在自己住的閣樓上叫喊：「道德應當在自身內部協調，兼顧自由與強制這兩種因素——協調，協——協——協……」

這個文弱書生因爲營養不良，總是病怏怏的，他爲了找尋自己所堅信的可靠眞理，耗盡了所有體力。除讀書之外，他全然不知其他任何樂趣。當他自以爲成功調和了兩種強大思想間的矛盾時，那雙可愛的黑眼睛，就會像孩子般開心地笑起來。在我離開喀山的十年後，我重新在哈爾科夫大學城遇到了他。那是他被流放到凱姆城五年之後，二度在大學裡求學。在我看來，他頭腦中塞滿了像螞蟻一樣、密密麻麻的矛盾想法。直到因肺結核去逝，他還在嘗試調和尼采①（①尼采（一八四四—一九〇〇），德國著名哲學家、詩人和散文家，西方現代哲學的開創者）跟馬克思主義。他一邊咳著血，用汗津津的手指抓住我的雙手，一邊用嘶啞的聲音跟我說：「沒有對立統一是根本不行的！」

他死在去大學路上的電車車廂裡。

有十二個跟他類似的人，參加了捷連科夫家的聚會。其中甚至還有個在神學院上學的日本人佐藤·潘傑雷蒙。有一個身材高大、寬肩闊背，蓄著濃密絡腮鬍，留著韃靼人式光頭的人也時常到場。他穿著一件收腰的男士立領上衣，扣子嚴嚴實實地一直扣到下巴那裡。他總是坐在角落裡，吸著煙斗，用那雙洞察一切的灰色眼睛，注視著所有人。他的目光經常在我臉上停留。我發覺這個老成持重的人，正在暗自揣摩、掂量我，於是我有點害怕他。他的沉默讓我奇怪極了，而周圍所有的人無一例外，都在滔滔不絕地激烈爭論。那些言辭越是尖銳犀利，我就聽得越起勁。其實那些尖銳犀利的言辭中，往往藏匿著可憐的偽善，我卻被蒙在鼓裡很長時間。這位絡腮鬍勇士，不知在沉思默想什麼呢。

人們都叫他「霍霍爾」②（②米哈伊爾·安東諾夫·羅瑪斯（一八五九—一九二〇），本書主要人物之一，屬於革命民粹派。一八八〇年至一八八四年被流放至西伯利亞，一八八五年被送往喀山。霍霍爾是沙俄時期人們對烏克蘭人的蔑稱，原意爲烏克蘭人頭頂的「一撮頭髮」），好像除了捷連科夫，誰都不知道他的眞名。不久後我得知，這個人剛剛從雅庫茨克流放歸來，此前曾在那裡待了十年。這讓我對他更加好奇，但還不足以讓我有足夠的勇氣去結識他。這並非是因爲靦腆或是膽怯，恰恰相反，我心急火燎、百般好奇地想對一切都探個究竟。這種性格，使得我一生都難以持續認眞地，投入在一件事情上。

當聽到人們談起人民的時候，我卻認爲這個題目並非如他們所想的那樣。這種認識，讓我自己大爲驚訝，也讓我陷入了不自信。在他們看來，人民是智慧與美德、善良的化身，神聖而不可分割，是一切美好、正義、偉大的伊始。我卻從沒見到過這樣的人民。我看到的是木工、搬運工、泥瓦匠，我知道的是雅科夫、歐西普、格里戈里①（①這些都是作者第二部自傳體小說《在人間》中的人物）。人們談及的都是獨立存在的人民，並且覺得自己在人民面前應當足夠卑微。我卻認爲，恰恰是這些坐而論道的人們，展示出了思想的美好與力量。他們的思想中蘊含、閃動著善良與博愛的願望——用博愛的新標準去重構生活、獲取自由。

此前，我從未在自己所處的人群身上發現博愛，而此刻，博愛卻唱響於每一句話中，閃動在每一道目光裡。

人民崇拜者們的話語，像清新的雨滴一樣灑落在我心頭。那些揭露鄉村陰暗生活、描寫受難聖徒般莊稼漢們的文學作品，文筆質樸眞誠，讓我深感受益。我領悟到，只有意志堅定、滿腔熱情地熱愛人民，才能從這份愛中汲取足夠的力量，用於去尋找與領會生活的眞諦。我不再只關心自己，我開始認眞地關切他人。

安德烈．捷連科夫告訴我，他做生意賺得的那些微薄收入，全部用於資助了那些堅信「人民的幸福高於一切」的人們。他圍著那些人跑前跑後，就像個虔誠的助祭，在爲大主教做彌撒而奔忙一樣，毫不掩飾自己看到讀書人碰撞出智慧火花時的滿心歡喜。他幸福地微笑著，把那隻殘疾的手臂放在胸前，用另一隻手捋著自己柔軟的鬍鬚，問我：「依你看，好不好？當然好了！那還用說！」

當民粹主義者們的反對者——獸醫拉夫羅夫用難聽的公鴨嗓，大聲表示抗議的時候，捷連科夫吃驚地閉上眼睛，低聲說：「瞧這個搗亂分子！」

捷連科夫對民粹主義者們的態度與我相近，但大學生們對他的態度，反倒有些粗魯隨意、漫不經心，就像老爺們支使傭人或是跑堂的夥計。他自己倒不在意這個。每當客人走後，他總是留我過夜，我們一起打掃房間，躺在地板上的氈子上，在黑暗中藉著聖像前長明燈微弱的燈光低聲聊天。他帶著教徒般的欣喜低聲跟我說：「千百個這樣的好心人聚成一團，把俄國全部重要位置都佔領了，所有人的生活就會立即舊貌換新顏！」

他比我大十歲。我看出棕頭髮的娜斯嘉很喜歡他，他也在試著不去注視娜斯嘉熱情如火的眼睛，在人前總是用主人下令般生硬的口氣跟她說話，但卻用憂愁的目光目送她走遠。當他們兩個人單獨說話時，他又羞怯地微笑著，捋著自己的鬍子。

他的小妹妹也在角落裡觀察辯論大戰，她孩子氣的臉龐聚精會神，眼睛睜得大大的，當爭論中的言辭尤爲激烈時，她就像被冰水潑到一樣長歎一口氣。一個醫學院棕色頭髮的學生，像隻倔公雞一樣圍著她轉，皺著眉頭跟她竊竊私語著些什麼。這一切在我看來都好玩極了。

但是，秋天來了，我沒有一份穩定工作，日子過不下去了。我對身邊發生的一切都很感興趣，我工作的時間越來越少，總去蹭別人的麵包吃，那麵包卻如鯁在喉。得在冬天找個落腳的地方，於是我走進了瓦西里．謝苗諾夫的麵包房。

這段生活在我的短篇小說《老闆》、《科諾瓦洛夫》和《二十六個和一個》裡都曾描寫過。那眞是段艱難的日子，但也讓我受益匪淺。

身體上已經吃不消了，精神上更是備受煎熬。

走進麵包作坊的地下室後，我就被一堵越建越高的「遺忘牆」隔開了，那些我曾經常見到、聽到的人們，被隔在牆的那一邊。他們誰也不曾到麵包坊來看我，而我每天都要做十四個小時的工作，在工作日裡，不能去捷連科夫那兒，在節假日裡要麼睡覺，要麼留下來和同伴們工作。他們中的一些人在開始的日子裡，拿我當個滑稽小丑，另一些人則像小孩纏著大人講有趣故事一樣跑來找我。鬼知道我能跟他們講些什麼。當然，我所講的一切，都能引發他們對於更輕鬆、更有意義的新生活的渴望。有時我的確做到了，我從那一張張浮腫的臉上讀到了悲傷，看到那一雙雙眼睛中噴出的憤怒火焰——我快樂而又自豪地想，我正「在人民中間工作」，「啓發開導」他們。

但是我又時常感到自己知識貧乏、軟弱無能，面對一些日常生活中的問題束手無策。那時我會覺得自己被扔進了黑暗的深坑，人們都在像瞎眼的蠕蟲一樣爬動，努力忘卻現實，去酒館裡、去妓女冰冷的懷抱中尋找安慰。

在每月領到工資的日子，他們鐵定會去逛妓院。他們早在一周前，就開始抓耳撓腮地盼望這點甜頭，等嚐過鮮之後，又美滋滋地一起回味好久。在這些對話裡，無恥之徒們彼此吹噓自己有多麼威猛，如何殘忍地玩弄妓女們，一邊品評她們，一邊厭惡地啐著口水。

但是，這太讓人費解了！我聽到的這一切，讓我既悲哀又慚愧。我目睹在那些尋花問柳的地方，僅需一盧布，即可找到一個女人陪你共度春宵。我的一些同伴對此感到羞愧難當、惶恐不安——我也是這樣的。還有一些人，故意擺出一副放浪輕佻的做派，虛僞造作極了。我對男歡女愛那些事好奇的要命，因此加倍敏感地揣摩著這一切。我還不曾享受過女人的愛撫，於是這讓我陷入了尷尬的境地——女人們笑話我，同伴們嘲諷我。很快他們就不再讓我同去煙花巷了。他們大大方方地宣佈：「你啊，小兄弟，就別跟著去了。」

「爲什麼？」

「那還用說嗎！跟你一塊不痛快！」

我緊緊抓住耳邊的這幾句話，發覺裡面似乎有些對我來說很重要的內容，但苦於找不出更深入的解釋，只能作罷。

「瞧瞧你啊！要我說你就別去啦。跟你一塊去真掃興……」只有阿爾喬姆竊笑著跟我說：「就像是陪著神父或牧師去一樣。」

起初姑娘們還在嘲笑我的手足無措，之後就開始帶著委屈問我：「你不會是嫌棄我們吧？」四十歲上下、胖乎乎的漂亮「姑娘」傑列扎．波露塔，是這裡管事的。她用看純種狗的狡猾目光打量著我說：「放過這個小夥子吧，姑娘們，他一定是有心上人了，對嗎？這樣的大力士，一定會把心上人緊緊摟入懷裡，別的姑娘，他連瞅都不瞅的。」

這個女酒鬼總是喝的醉醺醺的，那副東倒西歪的樣子，真是讓人噁心。而當她清醒時，又會絞盡腦汁地對身邊的人探個究竟，冷靜地挖出他們做事的動機來。她這套本事可真讓我吃驚。

「最讓人搞不懂的人，一定是學校裡那些大學生們，沒錯！」她跟我的同伴們說。

「他們都是這樣跟姑娘們瘋鬧的——叫人在地板上塗好肥皀，讓一個光著身子的姑娘手腳著地，墊上四個盤子，然後推一把她的屁股，看她能滑多遠。先滑一個，再滑一個，就這樣。幹嘛要這樣玩呢？」

「你撒謊！」我說。

「噢，不！」傑列扎大叫了一聲，她倒不覺得委屈，反而很平靜，這平靜中好像有些什麼情緒被壓制住了。

「這都是你胡編出來的。」

「姑娘家怎麼會編出來這些？難道是我瘋了不成？」她瞪大眼睛問。

人們都在豎起耳朵聽著我倆的爭論，而傑列扎則一直用那種不鹹不淡的口氣，宣講主顧們各種胡鬧的把戲。這無非是爲了搞清楚，他們爲什麼要這樣折騰呢。

聽眾們夾雜著厭惡，粗魯地唾罵大學生們。我看到，傑列扎激起了聽眾們對於大學生的敵視。而此前我已經愛上了那些大學生。於是我說，大學生熱愛人民，熱愛他們的善良。

「沒錯啊，你說的是星期日大街上的那些大學生，普通老百姓家的，而我說的是城外阿爾斯科平原那邊神學院裡的學生啊！他們全是教會的，都是孤兒，孤兒長大後，註定不是小偷就是胡搞一通的人！他們長大後肯定沒一個好東西，他們對於任何事情都蠻不在乎，這就是孤兒！」

管事的婆娘用寡淡口吻講述的故事，妓女們對大學生、小官僚以及那些「聖潔嫖客」惡狠狠的埋怨，不僅激起了我那些同伴的厭惡和敵意，甚至還給他們平添了一絲竊喜。管事的婆娘又罵罵咧咧地說道：「也就是說，那群讀書人，還不如我們呢！」

我聽到這些話時心裡沉痛極了。我看到，在半明半暗的小房間裡，準確地說，在那深坑之中，一座城市裡的各種淤泥污垢正彙集到一起，在爐火上咕嘟咕嘟冒著氣泡，然後飽含著憤恨與敵意，瀰漫到城市的各個角落。我看到，在人們備受性欲與空虛折磨的這些角落裡，荒謬的語句組成一首首講述恐懼與痛苦、讓人爲之動容的歌曲。於是，一則則關於「讀書人」的生活逸事，被面目全非地大肆宣揚，惹來人們對於不解事物的嘲諷和敵意。我看到這個風月場就是一所大學，我的同伴們在這裡學到了一堆亂七八糟的東西。

當我目睹那些賣春姑娘們拖著懶惰的雙腿，在骯髒的地板上沙沙作響地走過，在手風琴刺耳的樂音中，在破鋼琴煩人的雜音裡，醜陋地扭動著她們的裸體時，我感到自己心中有一種說不清、但又很可怕的想法。我對身邊的一切都感到乏味透頂，各種毫無意義的念頭，驅使著我儘快離開這裡，隨便去哪裡躲一躲。

當我在麵包作坊裡，開始講述一些人正在無私忘我地，爲人民尋找一條自由幸福之路時，他們對我潑來一頭冷水：「不過，那些姑娘們可不是這麼講的啊！」

他們藉機開始刻薄毒辣地嘲笑我。而我則像個成心挑釁的小狗崽，意識到自己在大狗面前並不愚蠢，也足夠勇敢之後，開始大發雷霆了。我漸漸理解，雖然生活本身已使人們不堪重負，直面生活已非易事，但反思生活同樣是一項艱難的挑戰。我有時感到自己，對身邊那些固執又隱忍的夥計們充滿了敵意。我尤其對他們那套默默承受的本事、無可救藥的忠誠感到氣憤。他們就憑著那點愚忠，在醉鬼老闆瘋瘋傻傻地譏笑下苟活。

彷彿是冥冥中註定，在這段艱難的日子裡，我認識了一些全新的思想。雖然我對它仍留有些許困惑，但還是爲之心動。

在一個風雪交加的夜裡，肆虐的大風，像是要把灰濛濛的天空撕扯成碎片扔到地上，將它埋葬在冰塵雪堆之下。大地上的一切生命，似乎在這一天將走到盡頭，太陽落下去，再也不會升起來了——就在這樣一個謝肉節①（①又稱送冬節、烤薄餅周，是大齋戒前的一星期。原爲俄羅斯多神教時期，流傳下來的俄羅斯傳統節日。東正教傳入以後，教會將節日的日期改到了大齋戒之前。因爲在之後的大齋戒中不得吃肉，所以這一周被稱爲謝肉節）的夜晚，我從捷連科夫那裡回麵包坊。灰濛濛的塵埃和飛舞的雪片，讓人睜不開眼。我迎風走著、走著，突然撞到一個橫躺在人行道上的人，咕咚一聲摔倒了。我們兩人開始對罵——我用俄語，他用法語：「噢！眞是活見鬼！②（②原文爲法語）」

這可一下激起了我的好奇心。我扶他起身。他是小個頭，身子很輕。他一把將我推開，氣急敗壞地喊：「我的帽子！見鬼！你快給我！凍死我了！」

我在雪中摸索到了他的帽子，抖了抖雪粒，給這個暴跳如雷的人戴了上去。但他一把扯下帽子衝我使勁揮舞著，大動肝火地交替著兩種語言罵道：「滾！滾！」

他繼續跌跌撞撞往前走，消失在狂風暴雪之中。我繼續走著，又碰到他正摟著被吹滅了的路燈桿勉強站著，動容地說：「列娜，我要死了，哦，列娜……」

看到他醉醺醺的樣子，我想要是把他獨自扔在街上，他準會被凍成冰棍的。於是我問他住在哪裡。

「這是哪條街啊？」他哽咽著問我，「我該去哪兒啊？」

我扶著他的腰，邊走邊問他住在哪裡。

「布拉卡大街。」他一邊打著哆嗦，一邊含含糊糊地說，「布拉卡大街……那兒有個澡堂——那兒就是我家……」

他走的深一腳淺一腳，東倒西歪，弄的我也沒法好好走路了。我聽到他的牙齒在打著寒戰：

「要是你知道①（①原文爲法語）……」他含含糊糊地說。

「您說什麼？」

他停下腳步，抬起一隻胳膊，帶著自豪一字一句地說：「要是你知道，我要把你帶到哪兒就好了……」

他把手指伸到嘴邊不停地呵氣，身子搖搖晃晃，眼看就要摔倒了。我蹲下來把他背在身後。他把下巴抵在我後腦殼上，嘟嘟囔囔地說：「要是你知道②（②原文爲法語）……哦，上帝！凍死我了！」

在布拉卡大街上，我費了好大力氣才打聽到他住在哪裡。我們終於跌跌撞撞走進一個小廂房的過道。那小廂房藏在風雪旋渦之中的一個小院深處。他摸索到門口，小心翼翼地叩著門，壓低聲音跟我說：「噓！小點聲！」

一個手托蠟燭、穿著紅色睡袍的女人開了門。她給我們讓開道，默不作聲地站到一旁，取出一副眼鏡開始打量我。

我跟她說，這個人的胳膊都凍僵了，必須讓他脫掉外衣躺到床上。

「是嗎？」她年輕的嗓音清朗動聽。

「得把他的兩隻手浸在冷水……」

她默默地用眼鏡指了指一個角落，那裡的畫架上有一幅繪有河流與村莊的畫。這個女人的無動於衷，簡直讓我吃驚，而她則逕直走到房間角落裡的桌子旁坐下，在一盞帶著玫紅色燈罩的臺燈前，拿起一張紅桃J的撲克牌端詳起來。

「您這兒有伏特加嗎？」我大聲問她。她沒搭話，還在往桌子上碼牌。我帶回的那個人，正坐在椅子上耷拉著腦袋，一雙通紅的手順著身子，無力地垂了下來。我扶他平躺在沙發上，開始幫他脫外套。我都搞不懂自己幹嘛要這樣做，一切都好像是在夢裡一樣。我面前這堵沙發牆上掛滿了照片。一個繫著白緞帶、蝴蝶結的金色花環，在那一堆照片中非常搶眼。白緞帶的結尾上印有一行字：

致——風華絕代的吉爾達③（③義大利作曲家威爾第（一八一三——一九〇一）所創作的著名歌劇《弄臣》中的女主角）。

「哦，見鬼！輕點！」我剛一給他搓手，這個人就哼哼起來。

那女人還在一言不發、專心致志地碼牌。她的鼻子像鳥嘴一樣秀氣，一雙大眼睛閃閃發亮，一動不動地盯著牌面。她用少女般的手指，擺弄著像假髮一樣蓬鬆的灰色頭髮，聲音不大但是清清楚楚地問：「你看到米沙了嗎，喬治？」

喬治一把推開我，趕忙坐下，心急火燎地說：「他不是去基輔了嗎？你知道的……」

「是啊，去基輔啦。」女人重複了一遍，目光始終沒有離開撲克牌。而我發現，她的語調冷冰冰的，生硬極了。

「他很快就回來了……」

「眞的嗎？」

「哦，是的，很快！」

「這話當眞？」女人又問了一遍。

衣冠不整的喬治一下子蹦到地板上，躥到女人面前趕忙跪下，用法語跟她說著什麼。

「我才不關心呢。」她用俄語回答。

「我——迷路了，你知道嗎？漫天的暴雪，可怕的狂風，我都以爲自己要凍死在街頭了。在那之前，我和別人稍稍喝了幾口酒。」喬治急切地解釋道，還撫摩著女人搭在膝蓋上的一隻手。他四十歲上下，厚嘴唇上蓄著黑色的鬍鬚，通紅的臉上寫滿了惴惴不安、誠惶誠恐。他使勁揉搓著圓腦袋上鬃毛般硬挺的灰色頭髮，說話也漸漸條理清晰起來。

「我們明天動身去基輔。」那個女人說道。那口氣又像是詢問，又像是在下定決心。

「是的，明天！你該休息了，還不快躺下？已經很晚了！」

「他——米沙，今天會回來嗎？」

「哦，不會的！這麼大的暴風雪……去睡吧，快躺下……」

他托起桌上的臺燈，把她領進書櫃背後的一扇小門裡。我一個人在那裡呆坐了很長時間，耳邊雖不時傳來那個男人嘶啞的低語聲，但我的大腦裡一片空白。暴風雪像毛茸茸的爪子一樣，撲的玻璃窗沙沙作響。地上一攤融化的雪水中倒映出零星燭光。房間裡擁擠地塞滿了傢俱，瀰漫著一股暖烘烘的怪味，讓人恍恍惚惚的。

喬治東搖西晃地托著臺燈走了出來，那燈罩被磕的叮噹作響。

「她睡了。」

他把臺燈放在桌子上，若有所思地站在房間裡，沒有回頭看我，說道：「哦，好吧，還能說什麼呢。要不是你，我這會兒都凍死了……謝謝你啊！你是哪位？」

他側耳傾聽著隔壁房間裡窸窸窣窣的聲音，還在不停地打著寒戰。

「她是您的妻子嗎？」我小聲問道。

「我的妻子，我的全部，我的生命！」他盯著地板，聲音不高，一字一頓地說。這個男人又開始用自己的手掌使勁搓弄頭髮。

「您來點茶嗎？」

他心不在焉地走到門前，但一想起女僕吃魚吃撐後已被送往醫院，又在門前站住了。

我提議燒俄式茶炊，他點點頭表示同意。他好像忘了自己還沒穿好衣服，光著腳在濕地板上啪嗒啪嗒走著，把我領進一間小廚房。他在那裡把後背湊到爐子跟前，又重複說：「要不是你，我眞就凍死了。謝謝你啊！」

他突然哆嗦了一下，瞪大了驚恐的眼睛，盯著我說：「眞到那時，她又該怎麼辦呢？哦，天哪……」

他趕緊透過黑門洞偷偷往裡屋看了一眼，悄悄地說：「你也看到了，她生病了。她的兒子本是一位音樂家，可後來在莫斯科用槍自殺了。而她一直都在苦盼他回來，已經等了整整兩年……」

之後我們開始喝茶。他顛三倒四地對我講，這個女人是個女地主，他自己是個歷史老師，也是她兒子曾經的補習老師。他愛上這個女人之後，這女人就離開了自己的德國男爵丈夫，和他在一起，並去劇院裡唱歌劇。雖然她的前夫總是千方百計地想毀了她的生活，可他倆生活的非常好。

他一邊講述著，彷彿在讀著模糊的字跡，一邊眯起眼睛費力盯著半明半暗的髒廚房。爐子旁的地板上有些東西已經腐爛了。他小口喝著茶，不小心被燙了一下，皺了皺眉頭，一雙圓眼睛受驚般地眨了眨。

「你是幹什麼的？」他再次問我，「哦，對了，是麵包坊的小夥計。好奇怪啊，你看起來一點都不像。這是怎麼回事？」

他的話語心神不寧，他看我的眼睛像困獸一般，裡面寫滿了疑慮。

我簡單跟他講了一下自己。

「原來是這樣，」他小聲驚叫道，「哦，是這麼回事……」

他突然間來了精神，問我：「你知道《醜小鴨》的故事嗎？你讀過嗎？」

他的臉色陰沉起來，沙啞的嗓音越提越高，幾近尖叫，言語中那種非同尋常的憤懣，讓我大爲吃驚。

「這可是個誘人的故事！在你這樣的年紀裡，我也曾想過——我不該變成一隻天鵝嗎？我本該去上神學院的，但後來去上了大學。於是我那個做神父的父親，和我斷絕了父子關係。我在大學裡研究了人類災難的歷史——進化史。哦，眞是一言難盡……」

他猛地一下坐到椅子上，豎起耳朵聽了聽動靜，又對我講道：「進化——無非是憑空杜撰出的自我安慰！生活——本身就是非理智的，對它的反思是多餘的。沒有奴隸制度，就不會有進化。沒有多數人對於少數人的服從，人類就會在自己的道路上裹足不前。我們一邊希望能夠減輕生活的負擔、減輕我們的勞動，一邊又在使我們的生活難上加難，使我們的勞動更加繁重。工廠和機器是爲了生產出更多的機器——這是非常愚蠢的。工人們越來越多，而人類眞正需要的卻只是農民——麵包的生產者。麵包——這就是應當藉助於勞動從大自然中獲取的一切。一個人索取的越少，就會越幸福。一個人背負的奢望越多，他享有的自由就越少。」

也許原話並不是這樣，但這些讓人振聾發聵的思想，用如此犀利、直白的方式表達出來，我還是第一次聽到。他出於興奮而大叫一聲後，立即膽怯地將目光停留在開向裡屋的門上。聽了一陣動靜之後，他又重新帶著憤憤不平跟我耳語：「你要明白，每個人需要的並不多——一塊麵包，和一個女人而已……」

在之後那番關於女人的竊竊私語中，他總是用一些我所費解的神秘字眼，提及我不曾讀過的詩歌。這突然讓我想起了小偷巴什金。

「貝亞特麗奇①（①義大利佛羅倫斯貴族家庭的女兒，義大利著名詩人阿利蓋利·但丁（一二六五—一三二一）深深爲之傾心，所創作的《神曲》將其作爲重要人物）、菲亞美達②（②十四世紀那不勒斯王的女兒，義大利文藝復興時期著名作家喬凡尼·薄伽丘（一三一三—一三七五）曾難以自拔地愛上了她，並爲之創作了《菲亞美達的哀歌》）、勞拉③（③義大利學者、詩人、人文主義之父彼特拉克（一三〇四—一三七四）的情人。彼特拉克以其十四行詩著稱於世，爲勞拉創作了很多詩篇，與但丁、薄伽丘齊名）、妮儂④（④十七世紀法國名媛，也是法國浪漫主義作家繆塞（一八一〇—一八五七）創作的喜劇《姑娘們想什麼》中的女主角之一）……」他小聲提到幾個我從未聽過的名字，講起一些我所陌生的詩人、墜入愛河的國王，給我朗誦法國詩歌，還用細細的光胳膊打著節拍。

「愛情與饑餓統治著這個世界。①（①這是席勒寫於一七九五年的《世界的智慧》中的詩句。《沙皇就是饑餓》的題詞，取於涅克拉索夫所創詩歌《鐵路》：「世界上只有一個沙皇：這個沙皇是殘酷的，他的名字叫饑餓。」）」——我聽到這句滾燙的話後，立即想起這句話曾印在革命手冊《沙皇就是饑餓》的書名下面，這讓我感到這些詞語被賦予了非同尋常的意義。

「人們在尋找忘卻與安慰，卻並非知識！」

這個觀點讓我大爲震驚。

次日清晨，我離開了那間廚房——此時牆上的小掛鐘已指向了六點多。灰濛濛的晨霧中，我從一叢叢雪堆旁走過，聽著耳邊暴風雪的呼號，回想著剛才那個倍感掙扎的人憤怒的低吼。他的話讓我如鯁在喉，憋的喘不上氣。我不想再回麵包坊見到那群人，於是就披著一身厚厚的雪，沿著韃靼區的街道走著，直到天色濛濛亮，遠方起伏的雪地上依稀出現行人的身影。

我再也不曾遇到那位教師，也不想再遇到他。但此後我又不只一次地，聽到關於生活毫無意義、勞動毫無用處的說法——這些話出自那些目不識丁的朝聖者、無家可歸的流浪漢、托爾斯泰主義者②（②俄國十九世紀後半葉至二十世紀初期的宗教倫理社會學派，於一八八〇年在列夫·

托爾斯泰的宗教哲學理論下誕生。強調不以暴力抗惡，宣揚寬恕、博愛，以及道德的自我完善）和一些很有文化的人。任祭司的神學士、做過炸藥的化學家、抱持新活力論③（③於二十世紀初由德國胚胎學家和哲學家杜里舒，在唯心主義學說活力論的基礎上，進一步發展而得出。他將活力論定義爲生命過程的自主理論，認爲卵作爲一個和諧的、等潛能的系統，隱藏著一種能調節生物發育的精神實體，即「活力」或「隱德萊希」，以保持胚胎的完整性，並使機體具有自己修復和再生的能力）的生物學者，還有很多其他人，都曾這樣說過。但這些說法已不像我初次聽到時那樣具有迷惑性了。

僅僅在兩年前——距我第一次接觸這個話題，已過去將近三十年——我不經意間從我認識的一位老工人那裡，聽到了與之如出一轍的看法，連語句幾乎都一模一樣。

我和他有過一次推心置腹的交流。他滿臉苦笑，帶著那種俄羅斯人所獨有的、天不怕地不怕的坦誠對我說：「親愛的阿列克謝．馬克西莫維奇，其實我什麼都不需要，神學院啊，科學啊，飛機啊這些東西，眞多餘！我只想有個僻靜的小角落，再有個女人，我想親吻她的時候就可以吻一下，她從心靈到身體都是忠實於我的，這就足夠了！您是按知識份子那一套來思考問題的，您跟我們可不一樣，都中毒了。對於您來說，思想比人類更高貴。您是不是跟猶太人一樣，認爲人是爲了安息日而活①（①參見《新約．馬可福音》第二章第二十三節至第二十八節。安息日時，耶穌門徒在行路經過麥地的時候掐了麥穗。法利賽人對耶穌說：「看哪，他們在安息日爲什麼做不可做的事呢？」耶穌說：「安息日是爲人設立的，人不是爲安息日設立的。」）？」

「猶太人可不是這樣想的……」

「鬼知道他們在想什麼，一群不開化的人。」他一邊回答，一邊把煙頭扔進了河水，目送它漂遠。

一輪秋月下，我們坐在涅瓦河邊的大理石長凳上。兩個人都被白天那些毫無價值的是是非非折騰的遍體鱗傷。我們固執地期望能做些更美好、更有益的事，但這些願望每每落空。

「您和我們在一起，但您又不屬於我們，這就是我要說的。」他想了想，繼續小聲說，「知識份子最喜歡瞎操心，湊在一起鬧事，世世代代都這樣。就像耶穌這個理想主義者，爲了使人們上天堂而鬧事一樣，所有的知識份子都在爲烏托邦美夢瞎折騰一氣。只要有一個牽頭鬧事的理想主義者，一群遊手好閒的地痞、小混混就會緊跟在後面。他們統統都不懷好意，因爲他們看到現實生活中自己壓根沒有立足之地。工人起義革命，只是爲了能夠合理分配勞動工具和勞動產品。等有朝一日他們奪取了政權，你以爲他們會同意建立新國家嗎？才不會呢！他們只會各奔東西，每個人都自有一套算盤，要給自己尋個安樂窩……

「您談到了技術？技術無非是我們脖子上一個越勒越緊的絞索。不，我們不需要機器，而是需要從多餘的勞動中解脫出來。人們總是想過安生日子，但工廠和科學不會帶給我們安寧。一個人需要的東西並不多，既然我只需要一所小房子，那我幹嘛還要去蓋一座城市！城裡太擁擠了——又是自來水，又是下水道和電網。爲何不試試不要這些東西來生活呢？那該多輕鬆啊！不，有太多多餘的東西被強塞給了我們——這都是那些知識份子幹的。這就是我爲什麼說，知識份子是一夥破壞分子。」

我曾說過，誰也不會像我們俄羅斯人這樣，如此徹底、決絕地扼殺了生活的本來意義。

「我們的人民，心靈上是無拘無束的。」我的同伴說道，「不過您別生氣，我認爲有成千上萬的人都是這樣想的，他們只是不知道怎麼講出來而已……生活應當過的簡單些，人們也將因此感受到它的慈愛……」

這個人從不是什麼托爾斯泰主義者，也從沒表露過無政府主義傾向，我很清楚他的思想變化歷程。

和他談過話後，我在不經意間想到，也許，成千上萬的俄羅斯人忍受著革命的痛苦，僅僅是因爲心底暗藏著從勞動中解脫的願望。用最少的勞動換最多的享受——這的確誘人極了，但這也預示著它將像所有烏托邦一樣，註定是一場空。

於是我想起了亨利·易卜生①（①易卜生（一八二六—一九〇六），挪威劇作家、詩人。詩句譯文引自《易卜生文集》（共八卷）第8卷《致吾友，一位革命演說家》）的一首詩：

他們可說我變成保守派？

不，我畢生的信念堅決不改！
你出車跳馬未必會把對手將死，
重擺一盤棋吧，我來當你的棋子。

須知我只承認一種革命，
絕不能由三心二意者執行。
論光榮與徹底當以它爲最，
我指的是創世紀的洪水！②（②典故出自《舊約．創世紀》第六章至第九章。上帝爲懲罰人類作惡，讓洪水氾濫毀滅天下，並示意諾亞造一只方舟，將家人及牲畜與鳥類等動物帶上方舟。方舟造完時，滔天洪水湧來，只有方舟上的人與動物得以倖存。後來洪水於一百五十天後退去）

即使那是，魔王也會失算！
瞧吧，諾亞又做了獨裁者。
讓我們再一次來刨根究底，
言與行必須合二爲一。

你把世界淹齊了咽喉，
我卻樂於用魚雷襲擊方舟！

03

捷連科夫的小雜貨鋪只有一點蠅頭小利，而需要物質資助的人和「小事」卻越來越多。

「得想個什麼法子。」捷連科夫帶著內疚的微笑說。他憂心忡忡地撫弄著鬍子，歎了口氣。

在我看來，這個人無異於給自己判了無期苦役去幫助別人。雖然他已經安於承擔這一切，但還是時時感到不堪重負。

我不只一次地換各種方式來詢問他：「您爲什麼要做這些呢？」

他顯然沒有明白我的這些問題。在回答我的問題——「爲什麼」時，他背書般咬文嚼字地，說起了人民艱辛繁重的生活，和教育與知識的必要性。

「可是，人們想得到知識嗎？他們去尋找知識了嗎？」

「哦，那還用說！當然了！比方說您，您想不想呢？」

是的，我是想的，但我想起了歷史教師的那句話：「人們在尋找忘卻與安慰，卻並非知識。」

對於剛滿十七歲的人而言，如此尖刻犀利的觀點是有害的。而且，這觀點也在隨後的日子裡漸漸失去了鋒芒，對人也沒有什麼益處。

我發覺自己總是目睹同一種情形——人們之所以喜歡各種有趣的故事，只是緣於他們想暫時忘卻沉重的生活，而那生活卻又是他們早就習以爲常的。故事裡的憑空杜撰越多，人們就越聽的如饑似渴。最討人喜歡的書籍，恰恰就是那些寫滿了美妙杜撰的。簡而言之，我是在一片海市蜃樓中尋找心靈的歸宿。

捷連科夫打算開一個麵包坊①（①時為一八八六年夏，用於資助喀山小組及貧困學生）。我當時的精打細算，至今仍歷歷在目。這樣的小生意，每週賺一盧布至少能帶來三成半的盈利。我要給麵包師當個「打下手的」，充當捷連科夫的「自己人」，盯緊那個麵包師，不能讓他把麵粉、雞蛋和剛出爐的成品順手牽羊。

於是，我從那個髒兮兮的大麵包坊，搬到了這個相對乾淨一些的小作坊。維護麵包坊的「清潔」①（①俄語裡的「清潔」也有誠實、正當之意）這個任務，就落到我肩膀上了。我面前不再是一群四十多歲的人，而是換成了一個麵包師。他有著灰色的鬢角，一撮尖尖的鬍鬚，一張被煙熏黑了的瘦臉，一雙精於算計的黑色眼睛，和一張奇怪的嘴——小的像鱸魚一樣，緊緊抿在一起，好似想要親誰一口似的。他的眼底裡總是藏著一絲嘲弄。

他當然會順手牽羊。在開張的第一個夜裡，他就把十個雞蛋、三俄磅麵粉和一塊沉甸甸的黃油塞到一個角落裡。

「這些東西是要拿到哪兒啊？」

「給一個小丫頭。」他討好地說。之後他聳了聳鼻子，又補充道：「一個挺……挺不錯的小丫頭！」

我試著說服他偷東西是犯罪的。然而或者是我沒有徹底拉下臉來，或者是我對自己要說的那些道理，都沒徹底信服，總之我那通話沒有奏效。

麵包師躺在放生麵團的櫃子上，望著窗外的星星，驚訝地嘟噥著說：「就憑他還教訓我！剛第一次撞見就要指指點點——教訓我？論年齡我比他大三倍。眞可笑……」

他盯著天上的星星問我：「我好像在哪裡見過你似的。你在誰那裡打工？謝苗諾夫家嗎？是鬧過暴動②（②暴動時間是一八八六年春，高爾基也曾參與其中）那一家嗎？哦，那我弄錯了。也就是說，我八成在夢裡才見過你……」

幾天後我發現，這個男人只要想睡，隨時隨地都能睡著，哪怕是站著扶著鏟子也照睡不誤。他一邊睡，一邊挑動著眉毛，做著怪相，擠出一臉的嘲弄譏笑、大驚小怪。他最喜歡的話題不外乎是尋寶和做夢。

他言之鑿鑿地說：「我早把這片土地看透了，它就像一張餡餅，裡面塞滿了寶藏：一壇又一壇的錢幣，一個挨一個的生鐵箱子。我不只一次在夢裡看到同一個地方，那是個澡堂子，在它的角落下面，埋著一個裝滿銀器的大箱子。我半夜醒來後就去挖，挖到一俄尺①（①舊俄長度單位，一俄尺≈〇．七一米）半時，低頭一瞅，原來是煤渣和一堆狗骨頭。就找到這麼堆破玩意！突然，我聽到一聲尖叫，窗戶碎了，一個婆娘玩命地喊：『快來人啊！抓賊啊！』我當然一溜煙地跑了，要不肯定會被暴打一頓。好笑吧？」

我經常聽到這句話——「好笑吧？」但是伊凡．盧托寧自己說的時候倒從不笑出聲，他只是眯起笑眼，聳聳鼻子，忽閃著大鼻孔而已。

他的那些夢一點都不稀奇，跟眼前的現實一樣乏味透頂、荒謬怪誕。我不明白的是，爲什麼他講起自己的夢總是津津樂道，而對自己身邊的事卻熟視無睹呢？②（②十九世紀九〇年代末的一天，我在一本考古雜誌上讀到，盧托寧．庫洛維亞科夫在奇斯托波爾（俄羅斯城市）城郊外發現一處寶藏：一小盒阿拉伯錢幣——作者注）

整個城市都震驚了——一位闊綽茶商的女兒因爲抗婚，從婚禮上回來後就舉槍自盡了③（③此事件發生於一八八五年一月）。有上千名年輕人爲她送葬。一些大學生在她的墓地前演講，員警驅散了他們。在我們麵包坊旁邊的小店裡，大家都在爲這齣戲大嚷大叫，商店後面的房間裡塞滿了大學生，那些激動憤慨的嗓音、針鋒相對的話語，都傳到了我們這個小地下室裡。

「這個姑娘，當初就是沒有揪著辮子好好揍她一頓。」盧托寧說。隨後他又跟我報告他的夢：「我正在池塘裡逮一條鱘魚，突然冒出個員警。他說：『站住！好大的膽子！』我無處可逃，只能撲通跳水裡，然後就醒了。」

雖然現實生活依舊在他的視野之外，但他很快就覺察到，這個麵包坊有點特別。打理生意的兩個姑娘都不太在行：一個是店主的妹妹；一個是她的女伴，這是一個大個子，紅臉蛋，長著一雙溫柔大眼睛的姑娘。來這裡的大學生，常在麵包坊後面的房間裡坐下來，大聲討論或者小聲耳語著什麼，店主很少來這裡，而我，這個「打下手的」，倒像是個主事的。

「你是店主的親戚？」盧托寧問，「要不，他想讓你當他妹夫？不對，太可笑了。啊，那些大學生們幹嘛總來這裡閑晃？八成是為了小姐們吧……嗯，差不多。哦，像是這麼回事……雖然那倆姑娘沒啥看頭……那些大學生們，啃起麵包比看姑娘還來勁呢……」

差不多每天早晨的五六點鐘，在麵包坊窗外的街上，都會出現一個短腿的姑娘，她的身體就是用大大小小的半圓球拼湊起來的，活像是一兜子西瓜。她剛把一雙光腿踏上地下室窗前的門洞裡，就打著哈欠喊：「瓦尼亞①（①這是麵包師伊凡．盧托寧的愛稱）！」

她頭上戴著一條花裡胡哨的圍巾，圍巾下露出幾撮打著卷的淺色頭髮，像一個個小戒指一樣，撒在她圓鼓鼓的紅臉頰和窄窄的額頭上，遮住了那雙迷迷糊糊沒睡醒的眼睛，看起來怪癢癢的。她用一雙懶洋洋的小手把碎髮從臉前拂開，那手指像新生兒一樣好笑地叉開。有趣的是，跟個姑娘有什麼可談的呢？麵包師被我叫醒後，開始跟那個胖姑娘搭訕：「你來了啊？」

「那還用說嗎。」

「睡夠啦？」

「是啊，怎麼啦？」

「夢見什麼了？」

「不記得了……」

城裡一片寂靜。不知是哪裡，有人正在沙沙作響地打掃院子，剛剛睡醒的小麻雀在啾啾叫著。初升太陽的光線，暖融融地直射在玻璃窗上。每一天的開始都是如此沉靜，讓我覺得特別愜意。麵包師把毛茸茸的手伸向窗外，撫摩著胖姑娘的腿，那胖姑娘對麵包師的試探毫無反應，也沒有笑容，只是眨了眨綿羊般溫順的眼睛。

「彼什科夫，你快去看看那批麵包怎麼樣了，該好了。」

我從麵包爐中取出鐵篦子，麵包師抓起十多個小甜餅、麵包卷、白麵包，他把這些麵包一股腦倒進了胖姑娘兜起來的裙角裡。她把一個小甜餅在兩隻胖手間倒來倒去，那綿羊般的黃牙齒剛一咬到麵包，就被燙到了，氣的她直哼哼。

麵包師很受用地瞅著她，說：「快放下裙角吧，這個小不害臊……」

胖姑娘走後，麵包師又在我面前吹噓：「瞧見了吧？就像隻小綿羊，頭上都是小卷卷。兄弟，我是個愛乾淨的講究人，從不跟女人們睡，我只挑姑娘家。這可是我的第十三個相好，尼基弗雷奇的教女。」

聽到他這通得意揚揚的炫耀，我在想：「難道，我也要這樣活著嗎？」

我把論斤賣的白麵包，從爐子裡取出，擺在長長的案板上，然後急忙把十來個白麵包，送到捷連科夫的小雜貨鋪裡去。從那裡回來後，我要拎上裝滿兩普特白麵包和奶油麵包的籃子一路小跑，在神學院大學生們的早茶開始前趕到那裡。我站在神學院一個大食堂的門口，賣給學生們麵包，他們要麼賒賬，要麼付現錢。我一邊站著，一邊聽他們關於托爾斯泰的爭論。有一位神學院的古謝夫教授，總是對列夫．托爾斯泰出言不遜。有時在我那籃子裡的麵包下面會藏一些小冊子，我需要不露聲色地，把它們塞到這個或是那個學生的手裡。有時學生們也往我的籃子裡藏些書或便條。

我每週都會跑一趟更遠的地方——瘋人院，在那裡聽精神病醫生別赫捷列夫①（①弗拉基米爾．米哈伊諾維奇．別赫捷列夫（一八五七—一九二七），俄國著名的精神病學家、神經病學家、生理學家和心理學家，是反射學及神經病理學創始人）展示真實病例的講座。有一次，他向大學生們展示了一位患有妄想症的病人。當這個瘦高個的病人，穿著一身白色衣服、頂著一個像長襪一樣的帽子，出現在實驗室門口時，我險些笑出聲來。但是，當他在我身邊站了幾秒鐘，盯著我的臉看了一下以後，我嚇得一下子就蹦開了。他那雙黑色眼睛裡，射出火焰一樣灼人的尖銳目光，讓我心頭一哆嗦。當別赫捷列夫教授輕輕撫弄自己的鬍鬚，與病人親切攀談時，我一直用手掌緊緊捂著自己的臉，就好像剛剛被滾燙的爐灰燙傷了一樣。

那個病人在低聲訴求著什麼，還從病號服袖子裡，伸出一雙細得可怕的長胳膊。他的手指也是又細又長的。在我看來，這個人身上的一切，都被超常規地拽長了，好像還在永無休止地瘋長，他坐在那裡不用起身，就足以用那隻黑手掐住我的喉嚨。讓人倍感威脅的，還有從那張瘦骨嶙峋的臉上，烏青眼圈中一對黑眼珠裡射出來的威嚴目光。近二十個大學生都在盯著病人頭上那頂古怪的尖帽子，有幾個在嗤嗤偷笑，更多的人則流露出關切與擔憂。學生們的眼神和那個病人灼熱的目光相比，顯然都是正常的。那個病人看起來非常可怕，他身上有一種說不出的威嚴。

在大學生們魚群般的沉默中，教授的聲音顯得更爲清朗明晰。他的每個問題，都引來了病人低沉而威嚴的吼聲，那聲音像是從地板下、從死氣沉沉的白牆裡蹦出來的。病人的一舉一動，都像大主教一樣緩慢而莊嚴。

當晚我寫了一首關於狂躁者的詩歌，並命名爲〈主宰一切的統治者，上帝的朋友和謀士〉，那個人的形象在我腦中揮之不去，就像一場夢魘。

每天我都要從晚上六點一直忙活到第二天中午，下午的時間則用來睡覺。於是我只能在工作間隙讀書，要麼是和好麵之後等著發酵時，要麼是把麵包放進爐子後的那會兒工夫。在我掌握了手藝人的那些訣竅之後，麵包師就工作的更少了，他經常帶著讚賞的口吻來親切「指導」我：「你眞是很能幹，一兩年過後，你就能當個麵包師了。哦，可笑。你太年輕了，沒人會聽你使喚的，也沒人會拿你當回事。」

看到我那麼愛看書，他表現的很不以爲然：「你不用再看了，快去睡吧。」他很關切地向我建議，但從來不過問我到底在讀些什麼書。

他的那些夢，尋寶的宏願，還有那個圓乎乎的短腿胖姑娘，徹底拴牢了他的心，把他迷的神魂顛倒。胖姑娘常在夜半時分來找他。他有時會把她領進存放麵粉的那間小屋裡。要是天很冷，他就會蹙著眉頭跟我說：「出去待半個鐘頭吧。」

我離開後想，這種愛情實在太讓人費解了，跟書裡描寫的完全不一樣……

店鋪後面的小房間裡住著店主的妹妹，我幫她燒茶炊，但總是試著盡可能少碰到她。她那雙孩子氣的眼睛，看我的目光總像是初次見面一樣，讓我簡直難以忍受。我懷疑那雙眼睛深處，隱藏著一抹笑意，在我看來，那是一種嘲弄。

因爲蠻勁太大，我顯得很笨拙。麵包師看到我連拖帶拽那個五普特重的麻袋費勁極了，頗爲遺憾地說：「論力氣你一個頂三個，可巧勁卻一點都沒有。空長一個大個子，頂多是頭小蠻牛……」

雖然我已經讀過不少的書，喜歡讀詩歌，並且自己也開始嘗試寫它們，但我都是用「自己的語言」來寫的。我感到這些語言笨拙而生硬，但好像唯有用它們，才能表達出我那套雜亂無章的想法中，最爲深刻的內容。有時我會故意寫些粗話，只爲抗議那些我所看不慣的以及曾激怒過我的事。

我的一位老師，一個數學系大學生批評我：「鬼才看的懂你寫的這些東西。這不是文字，而是一堆秤砣！」

總之，我並不喜歡自己。這在青少年身上是常有的事。我看自己又可笑、又笨拙。我的臉簡直像卡爾梅克人①（①俄國境內的蒙古系遊牧民族），顴骨太高。我的嗓子正在經歷變聲，根本不聽使喚。

而店主的妹妹卻輕盈靈巧，好像是空中的燕子。我覺得那種輕盈跟她圓潤柔軟的身段很不相符。她的舉手投足常有點做作。她的嗓音很甜美，總是咯咯笑個不停。我一聽到這樣爽朗的笑聲就會想，她這樣笑，無非是想讓我忘掉我們初次見面時她的那副樣子。我可不想忘掉那一刻。我會對非同尋常的東西視若珍寶，我要確認它們是眞眞切切存在著的。

有時她會問我：「您在讀什麼呢？」

我在簡單回答她後，總是很想問她：「您爲什麼想知道這個呢？」

有一次，麵包師在撫弄短腿胖姑娘的時候，一臉陶醉地和我說：「你出去一會兒。對了，你可以去店主的妹妹那兒。你在這兒傻看什麼？要知道那群大學生……」

我跟他保證，要是他再這麼胡說下去，我就用秤砣砸碎他的腦袋。之後我就走向那個存麵粉的小屋了。虛掩的門縫裡傳來盧托寧的聲音：「我幹嘛要跟他生氣？他成天像吃書一樣埋在書堆裡，就差瘋掉了……」

外屋倉庫裡的老鼠們吱吱叫著跑的正歡，裡屋麵包坊裡的胖姑娘哼哼呀呀叫個不停。我走出門到了院裡。這裡一切都懶洋洋的，濛濛細雨在無聲地灑落，但空氣中還是有些憋悶，滿院都是焦糊的味道——樹林裡好像著火了。夜已深了。麵包坊對面那幢房子敞著窗戶，房間裡的燈光不太耀眼，人們在高唱：

「聖徒瓦爾拉米②（②這首歌在當時曾流行於喀山神學院學生中間，名字是《從早到晚》），

閃著金色的光環，

他從天上俯瞰我們，

臉上笑意盈盈……」

我努力想像此刻瑪麗婭·捷連科夫正倚在我的膝上，就像胖姑娘躺在麵包師膝上那樣，但我打心眼裡覺得這是不可能的，甚至有點可怕。

「整個晚上忙不停噢，

他左一口酒，右一句歌，

還在……唔！

忙著做那件事……」

那曲子用一聲聲渾厚有力的男低音「唔」做間隔。我用手撐著膝蓋，弓著身子向一扇窗裡望去。透過鉤花窗簾，我看到一間方方正正的小屋裡，一盞天藍色燈罩的小燈，照亮了灰色的牆面。在小燈前正對著窗戶那裡，坐著一位寫信的姑娘。她正抬起頭，用蘸水筆的紅筆桿，撩了一下鬢角的一縷碎髮。她的眼睛微微眯著，面含微笑，慢慢地疊好信，舔了一下信封封口，粘好信封，把它扔到桌子上，然後又伸出一個比我小拇指還細小的手指，戳戳點點那個信封，像是要教訓它一頓似的。但是，她又重新拿起信封，皺著眉頭打開信封，又讀了一遍信，然後把它裝到另一個信封裡，伏在桌上寫好地址，舉起信封在空中搖來搖去，像揮舞著一面白色小旗。她一邊轉圈，一邊拍掌，走向了放著床的那個角落，又從那裡走回來，脫去短上衣，露出圓潤的肩膀，從桌上拿起燈躲到了牆角。當你觀察到一個人在跟自己影子做伴的時候，你會覺得他有點不大正常。我在院子裡邊走邊想，這個姑娘在自己的小屋裡獨自一人住著，眞是很奇怪。

當那個紅頭髮大學生來找她，低聲和她耳語的時候，她的身子怯生生地縮成一團，顯得更嬌小了。她望著那個學生，羞澀地笑著，把手縮到身後撐著桌子。我不喜歡這個紅頭髮的傢伙，非常不喜歡。

那個短腿的胖姑娘完事後裹好了圍巾，一邊搖搖晃晃地走著，一邊喃喃地說：「你去麵包坊吧。」

麵包師一邊從發酵櫃裡往外掏麵團，一邊跟我講，他和心上人在一起有多麼愜意、多麼盡興，而我則在盤算：「接下來我該怎麼打算呢？」

我覺得，就在眼前的角落裡，似乎有著什麼不幸在等著我。

麵包坊的生意非常紅火，於是捷連科夫開始選址再開一家規模更大的。他決定再雇一個打下手的。這可太好了，我的工作實在太多，累得頭暈眼花。

「在新的麵包店裡，你可就是老資格的了，」麵包師告訴我，「要我說，該給你一個月十盧布的工資。嗯，沒錯。」

我明白，他樂意有我這樣一個老資格的助手。他不喜歡工作，而我做起來則心甘情願。疲勞對我來說是有益的，它能熄滅我內心的煎熬，讓我克制住強烈本能的衝動。只是，如此這樣也就無法讀書了。

「你把書本扔一邊了，很好！讓老鼠去啃它們吧！」麵包師說，「啊！難道你從不做夢嗎？也許你做了，只是不想提吧？真可笑。要知道，講講自己的夢，那可是最沒壞處的一件事，只要講出來，就沒什麼可擔心的了。」

他對我非常友善，甚至有點推崇我。或者，是有些害怕，就像害怕店家的眼線一樣。雖然這並不妨礙他繼續謹小慎微地順手牽羊。

我的外祖母去逝了①（①時間是一八八七年二月）。這個噩耗是我在她下葬七周之後，從表兄寄來的信裡得知的。那封篇幅不長、連逗號都沒有的信裡說，我的外祖母當時正在教堂裡討佈施，然後跌倒了，摔斷了她的腿，並在第八天裡得了壞疽。稍晚之後我得知，我的兩個表兄弟和帶著孩子的表姐——幾個健康的年輕人，居然全靠老人討來的那點佈施過日子。他們連請個醫生都想不到。

那信是這樣寫的：

她在我們的護送下被葬於彼得羅巴甫洛夫斯克我們和叫花子們都很愛她並哭泣。外祖父也哭了把我們都攆走他自己留在墓地裡哭我們從灌木叢裡望著他哭他很快也活不長了。

我沒有哭，我只是清晰地記得，刺骨的寒風將我團團圍住，使我不得掙脫。夜裡，我坐在院子裡的劈柴垛上，心中湧起一股強烈的衝動，想講一講我的外祖母，講講她是多麼的善解人意，就像是所有人的母親。長久以來，我一直對此念念不忘，但就是沒有人可以傾吐，於是我把一切深藏在心底，從不曾對人提起，這個心結越纏越緊，緊到再也無法解開。

多年之後，當我讀到契訶夫描寫的一個眞實故事②（②即《苦惱》）時，這些日子才重新浮現在我眼前。在那個故事裡，一位馬車夫對著一匹馬講起了他死去的兒子。我最爲難過的是，在那段最爲憂傷心碎的日子裡，我身邊竟沒有一匹馬，沒有一隻小狗。我也沒法讓麵包坊裡的老鼠們分擔我的痛苦，那群老鼠實在是太多了，我已經跟它們混的很熟，交情還算不錯。

尼基弗雷奇警官開始像老鷹一樣在我頭頂盤旋。他長著一頭銀髮，一副英挺幹練的派頭，那撮濃密的小鬍子，一看就是精心打理過的。他像端詳聖誕餐桌上的鵝一樣，一邊吧嗒著嘴，一邊饒有興致地盯著我。

「聽說，你很喜歡讀書？」他問，「比方說，哪些書呢？你喜歡《聖徒傳》，還是《聖經》呢？」

我經常讀《聖經》，也讀《聖徒傳》，這可絕對出乎尼基弗雷奇的意料，讓他納悶極了。

「眞的嗎？讀書是個正經事！開卷有益！那麼，托爾斯泰伯爵的系列作品，你也經常讀吧？」

我讀過托爾斯泰的作品，但那些文章似乎並不合乎這位警官的口味。

「這些都是大眾題材，很多人都在寫的。他還著有一些反對神父的作品，很値得一讀！」

他所指的「一些作品」，都是工工整整的膠版印刷讀物①（①托爾斯泰的宗教哲學著作，被當時教會禁止流傳），我也讀過的，但我覺得它們實在是枯燥乏味極了。我也淸醒地知道，跟這位警官是不必談論這些的。

經過幾次街邊談話之後，這個老頭向我發出了邀請：「去我那個崗亭裡坐坐吧，順便喝點茶！」

我當然清楚他是想從我這兒套取點什麼，但我還是樂意去他那裡坐坐。一些聰明人指點我說，如果我回絕了這個崗警的好意，就會更加引起他對麵包坊的「關照」。

於是，我來到了尼基弗雷奇這兒做客。他那間小屋裡，三分之一的地方已被俄式爐子占去。另有一張掛著印花帳子的雙人床，床上有一堆罩著大紅枕套的枕頭。剩下的地方擺著一個餐具櫃、一張桌子、兩把椅子，窗下有一張長凳。

尼基弗雷奇解開制服扣子，坐在長凳上，身子擋住了小窗戶僅有的那點光線。在我一旁的是他的妻子，一個二十多歲、胸脯豐滿、搽脂抹粉的女人。她那雙藍灰色的狡詐眼睛看起來不懷好意，鮮紅色的嘴唇任性地噘著，冷漠的口吻裡夾雜著一股火氣。

「我知道，」那警官說，「我的教女謝科列婕婭總去你們那個麵包坊。眞是又下賤又不害臊。所有的女人都是這麼下賤。」

「所有的？」他的妻子問道。

「個個都是！」他斷然下結論說，身上的徽章被碰得叮噹作響，就像是馬身上披掛的馬具。他把茶杯裡的茶喝乾，又饒有興致地說：「下賤！不害臊！從站街妓女一直數到皇后，統統如此！示巴女王橫穿兩千俄里的茫茫沙漠，只爲和所羅門王尋歡作樂①（①出自《舊約．列王紀上》第十章第一節。示巴女王仰慕當時以色列國王所羅門的才華與智慧，不惜紆尊降貴，長途跋涉前往以色列向所羅門提親，並以謎語來試驗他）。至於葉卡捷琳娜女皇，雖然貴為女皇，其實也不過如此……」

他詳細地講了一個鍋爐工的故事。那個鍋爐工和女皇共度春宵之後就平步青雲，從一名中士一直被任命為將軍。警官的妻子聽得津津有味，直嚥口水，還在桌子下面蹭著我的腿。尼基弗雷奇說的頭頭是道，漸入佳境，之後在我不經意間又蹦到了另一個話題上。

「比如，那個一年級的學生古里・普列特尼奧夫。」

他的夫人深吸一口氣，插嘴說：「算不上漂亮，但人很好！」

「誰？」

「古里・普列特尼奧夫先生。」

「首先，他還稱不上是位先生，等畢業後，他將會成為一位先生，但現在就是個學生——這樣的學生我們只怕有一千個呢。其次，什麼叫——人很好？」

「又快活，又年輕。」

「首先，小丑耍寶的時候也很快活呢。」

「小丑是為了賺錢，才擺出一副快活樣子的。」

「瞎說！其次，公狗和小狗是一回事……」

「小丑還像雜耍猴子呢……」

「閉嘴！我叫你閉嘴！聽到沒有！」

「好吧，聽到了。」

「好吧，嗯……」

尼基弗雷奇教訓過妻子之後，向我建議：「你最好和普列特尼奧夫認識一下，他可是個很有趣的人！」

因為他曾不只一次在街上看到我和古里在一起，所以我說：「我們倆認識。」

「是嗎？哦，這樣……」

這句話裡暗藏惱火。他猛一下子站起身，身上一堆勳章又被碰的叮噹作響。而我立即警覺起來——我很清楚，古里正在用膠版印刷傳單。

那個女人一邊不斷用腿蹭我，一邊狡猾地逗弄著那個老頭，而他則像一隻沾沾自喜的開屏孔雀，還在滔滔不絕地講個沒完。他夫人的小動作總是妨礙我聽下去，於是當他的聲調變的低沉和威嚴起來時，我仍在走神。

「那是一條看不見的絲線，你懂嗎？」他好像受驚了似的，瞪大眼睛死死盯著我的臉質問說，「你不妨把皇帝陛下當成一隻蜘蛛！」

「哦，瞧你說的！」那女人叫道。

「你——給我閉嘴！傻瓜！這種比方是為了弄清事實，而不是罵人！笨狗！收拾茶具去！」

他舒展開眉毛，微微眯著眼睛，頗爲動容地跟我說：「一條看不見的絲線——就像一張網——從亞歷山大三世皇帝陛下的心中牽出，穿過財政大臣，穿過那些朝中重臣、文武百官，穿到我這裡，甚至到最後一個士兵那裡。這條線把一切都連接到了一起，把一切都密密匝匝地編織到一起，像是一個無形的要塞，保皇權永固、世代相傳。而那些波蘭人、猶太人，還有被狡猾的英國女王收買的俄羅斯人，都在試著——假藉人民的名義——將這條絲線扯斷！」

他隔著桌子朝我傾過來，用冷峻威嚴的耳語問我：「明白了嗎？就是這樣。我爲什麼要跟你說這些？你那個麵包師傅總誇你，說你是個聰明又誠實的小夥子，一個人單過日子，沒什麼是非非。而那幫大學生們，動不動就去麵包店裡閒逛，在捷連科夫家裡一待就是整宿。要是就一個學生，還說的過去。可一大幫呢？我不會跟學生們過不去的——今天他是個大學生，明天說不定就是副檢察官呢。大學生是好人民，只是他們總是忙著瞎鬧，而沙皇的敵人會挑唆他們的！你明白了嗎？我再跟你說說……」

但他還沒說完，門就被猛一下撞開了，闖進來一個紅鼻頭的小個子老頭，一頭捲髮上紮著一根小皮繩，手裡還拎著一瓶伏特加。這個小老頭已是醉意朦朧了。

「殺盤棋怎麼樣啊？」他笑嘻嘻地問，眼裡閃過俏皮的小神態。

「這是我岳父，我妻子的父親。」尼基弗雷奇有點懊惱和沮喪地說。

幾分鐘之後，我告別並離開了那裡。那個狡猾的女人在關上崗亭大門的時候，擰了一把我的手背說：「瞧那雲朵，紅彤彤的，像火焰一樣！」

天空上，一小片紅色的雲朵正在慢慢消散。

我無意冒犯自己的老師們，但我還是要說，對於國家機構的設置，崗警講的比他們清楚明白多了。某個地方趴著一隻蜘蛛，從它那裡射出了一條「看不見的絲線」，把生活中的一切都纏繞、捆綁在了一起。我很快學會如何洞察這條絲線結成的硬生生的圈套。

當晚，在關掉店門之後，女店主把我叫到身邊，鄭重其事地告訴我，她受人之託，來跟我打聽崗警都跟我談了些什麼。

「哦，天哪！」聽到我詳細的講述之後，她膽戰心驚地喊了一聲，就像小老鼠一樣在屋子裡竄來竄去，從這個角落跑到那個角落，還不停地搖著頭，「難道麵包師沒跟您打聽過什麼嗎？要知道他的情婦可是尼基弗雷奇的教女，對吧？哦，真該把他趕跑。」

我倚著門框站著，望著她愁眉苦臉的樣子。她順口就蹦出「情婦」這種詞，這讓我很不舒服。我也不喜歡她關於趕走麵包師的決定。

「還是小心謹慎些吧。」她說。像往常那樣，她那束敏銳的目光讓我感到很羞怯，似乎那目光，是在向我追問一些我所不能明白的事情。此刻，她站在我面前，把手背在了身後。

「您爲什麼總那麼憂傷呢？」

「我的外祖母不久前剛剛去逝了。」

這引來了她的關切，她微笑著問我：「您非常愛她，對嗎？」

「是的。您沒什麼事需要我做了吧？」

「沒有了。」

我走開了。當天夜裡我寫下一首詩。我記得詩中有一句頗爲逞強的句子：「您呀——不過是裝腔作勢！」

以後大學生們要盡可能少來麵包坊了——這已是板上釘釘的事。看不到他們，我也無法再去詢問自己讀書時遇到的難題了，於是我開始把自己感興趣的問題，都記在練習本上。但有一次我實在太累，就趴在上面睡著了。麵包師讀了我的筆記，把我叫醒後問：「瞧你寫的這是什麼東西？『爲什麼加里波第沒有趕走國王①（①一八六〇年，義大利民族解放運動領袖加里波第，解放了那不勒斯王國後，將統一運動領導權，轉讓給了皮埃蒙特國王維托里奧·埃馬努埃萊二世）？』加里波第是誰？難道他還能趕走國王？」

他氣哼哼地把我的本子扔到了麵粉櫃子上，鑽進地下室，並衝我埋怨：「你去告訴那個什麼加里波第，他應該把那個國王攆走！眞可笑。你快把這些胡思亂想扔一邊去吧。居然還讀這種書！早在五年前，薩拉托夫的憲兵們就把你們這種書蟲，像老鼠一樣一網打盡了，是的。你不沾這些書，尼基弗雷奇都已經盯上你了！你讓他們去攆那個國王好了，國王又不是只被攆來攆去的鴿子！」

他很和善地跟我談了許多，但我不能想到什麼就說什麼，我被禁止跟麵包師談論那些「危險話題」。

一本激動人心的書，正在城裡悄悄流傳。有幸讀過它的人們都在議論紛紛。我央求獸醫拉夫羅夫幫我也搞到一本，可他斬釘截鐵地說：「哎喲，我說老弟啊，快別做夢了！不過，我倒是聽說有個地方最近會宣讀這本書，要是可以的話，我把您帶到那兒去吧……」

聖母升天節②（②聖母升天節又稱聖母升天瞻禮、聖母安息節。在東正教教義中，指耶穌的母親瑪麗亞在結束現世的生命之後，靈體一起被接進天堂，於每年的西曆八月二十七日或二十八日舉行）那天子夜，在阿爾斯科平原上，我緊緊跟隨拉夫羅夫的身影在黑暗中穿行。他距離我有五十俄丈③（③舊俄長度單位，一俄丈≈二．一三四米）。田野裡人跡罕至，但為了以防萬一，我依照拉夫羅夫事先的叮囑，一路吹著口哨、哼著小曲，裝出一副工廠工人醉醺醺的樣子。幾片黑色的雲朵從我頭頂飄過，月亮像一個金燦燦的圓球在雲朵間滾動。大地被照得一片斑駁，地上的水窪反射出銀色的光。喀山城在我身後發出了憤怒的低吼。

我的引路人在神學院一個花園的圍牆那裡停住了腳步，我趕緊追上了他。我們默默翻過圍牆，穿過枝繁葉茂的花園。碰到樹枝時，就會有大滴的露水掉落在身上。我們在房子的牆腳前面站定，輕叩幾下緊閉的百葉窗。窗子被一個留鬍子的人打開了，他身後一片漆黑，什麼聲響也聽不到。

「誰？」

「捷連科夫那裡來的。」

「快爬進來吧。」

周圍伸手不見五指，漆黑一片，但我覺察到有很多人在。我聽到了他們衣服的摩挲聲、輕微的咳嗽聲，還有低聲的耳語。一支火柴突然在我面前燃起來了，照亮了我的臉，我也看到在牆邊站有幾個黑影。

「人齊了？」

「齊了。」

「拉嚴窗簾，別讓光線從窗簾縫裡透出去。」

一個氣沖沖的嗓門大聲說：「哪個聰明傢伙選了這個沒人住的破房子？」、「肅靜！」牆角裡一盞燈被點亮了。房間裡空空蕩蕩，沒有傢俱，只有兩個箱子，在上面平放著一塊木板。木板上坐著五個人，就像是棲在牆頭的烏鴉。燈也被放在一個側立的箱子上。此外還有三個人靠牆站著，一位長髮青年坐在窗臺上。那個長髮青年瘦骨嶙峋、面色蒼白。除了他和那個大鬍子，其餘所有人我都認的出來。大鬍子壓低嗓門說，他將要開始朗讀一本名爲《我們的意見分歧》的小冊子，是由曾經隸屬於民粹派的普列漢諾夫①（①格奧爾基·瓦連廷諾維奇·普列漢諾夫

（一八五六—一九一八），俄國社會民主運動活動家、俄國馬克思主義政黨的創始人及領袖之一。早年曾加入民粹派，後於一八八〇年與之脫離關係。《我們的意見分歧》成書於一八八五年，系統批判了民粹派觀點）所寫的。

一片漆黑中，一個聲音喊道：「都知道！」

這種神秘的氛圍，讓我心潮澎湃。神秘的詩歌，是詩歌中的上品。我覺得自己是禮拜堂中做晨禱的信徒，我想起了羅馬時代初期，基督教徒的秘密地下祈禱室。房間中低沉的嗡嗡聲不絕於耳，但說話聲仍清晰可辨。

「胡——胡說！」角落裡又冒出一聲低吼。

黑暗中閃動著一個半明半暗的銅塊，讓人想起羅馬武士們的鎧甲。我猜到那是火爐的通風孔。

房間裡此起彼伏的低語，跟那些激烈的言辭混雜在一起，根本聽不清誰在說些什麼。從我的頭頂上方的窗臺邊，傳來一聲帶著嘲弄的大聲質問：「到底還讀不讀啊？」

說話的就是那個留著長髮、面色蒼白的青年。大家都安靜下來，只剩下朗讀者低沉的聲音。微弱的火光在火柴頭上一跳，人們手中的煙卷開始閃耀紅色的光團，照亮了一張張陷入沉思的面孔。有的人半眯著眼睛，有的人則瞪大了雙眼。

朗讀過程長的讓人厭倦。雖說我很喜歡犀利尖銳、慷慨激昂的語言，它們總是輕鬆又簡單地闡明一些令人折服的觀點，但眼下我都聽累了。

突然，朗讀者的聲音停住了，就在此時，房間裡響起了憤慨的高呼聲：「叛徒！」

「放空炮！」

「這是在向英雄們流淌的鮮血吐口水！」

「這是在格涅拉洛夫①（①瓦．格涅拉洛夫（一八六七—一八八七），俄國民意黨「恐怖派」成員之一，彼得堡大學的學生，於一八八七年三月一日參加民意黨謀刺沙皇亞歷山大三世未遂事件被捕，同年五月八日在彼得堡被處絞刑）和烏里揚諾夫②（②亞歷山大．伊里奇．烏里揚諾夫，俄國民意黨「恐怖派」組織者及領導者之一，是列寧的哥哥、彼得堡大學數理系學生。因在一八八七年三月一日參與民意黨主持的對沙皇亞歷山大三世謀刺活動而被憲兵逮捕，並在彼得堡被處絞刑）被處以絞刑之後……」

從窗臺上又響起了那個青年的聲音：「先生們，能否把那些罵人的髒話，換成更為嚴肅的抗議呢？」

我不喜歡爭論，也不善於聽人們爭論。那些天馬行空的激昂辯論，我實在是聽不進去。那些爭論者毫不遮掩的自以為是、自作聰明，也讓我頗為憤憤不平。那個青年從窗臺上欠下身來問我：「您就是麵包工人彼什科夫嗎？我是費多謝耶夫③（③尼．費多謝耶夫（一八七一—一八九八），俄國初期的馬克思主義者，一八八八年在喀山創立了馬克思主義小組，列寧也是該小組成員。他曾寫過諸多反對民粹派的馬克思主義著作）。咱倆該認識一下。說實在話，這裡什麼事也成不了，光是吵來吵去，沒多大益處。出去走走？」關於費多謝耶夫，我早有耳聞，他是一名非常正統的青年組織的領導人。我很喜歡他那張蒼白、敏感的面孔和那雙深邃的目光。我們一起在田野上散步，他問我是否在工人中間有些熟人，在讀些什麼書，是否有空閑時間等，他還順便問起：「我聽說過你們的麵包店，我很奇怪，您爲什麼要做這些無聊無用的事？您這是爲什麼呢？」

有時我自己也覺得這些事情很沒必要，我把這想法也告訴了他。聽到我這番話他很高興，緊緊地握住我的手，開心地笑著告訴我，再過一天他要去外地三周，等他回來後，會告訴我下次和他見面的地點與方式。

麵包坊的生意越來越興隆，只是我自己的境況卻越來越糟糕了。搬到新麵包店後，我分管的事情就更多了。我必須先在麵包坊裡忙活，再把白麵包挨家挨戶送到顧客那裡，還要送到神學院和貴族女子寄宿學校。那些姑娘們從我的籃子裡挑奶油麵包時，會塞給我一些紙條，我經常在那些精緻的紙條上，目瞪口呆地讀到一些用半大孩子、幼稚筆體寫下的下流句子。我對此大爲吃驚。那些快活的、衣著考究、眼神清澈的小姐們，圍著我的麵包籃子，一邊做鬼臉，一邊用細小粉嫩的小爪子扒拉著麵包。我看著她們，心中努力揣摩到底是誰給我寫了那些無恥的紙條。也許，她們這樣做，僅僅是因爲不明白這件事有多麼不體面。我不由想起那骯髒的「煙花巷」。或許就是從這些房子裡，探出了一條條「看不見的絲線」。

一位留著濃密黑辮子、胸脯很豐滿的姑娘，在走廊裡匆忙地叫住了我，小聲問我：「給你十戈比，你能幫我把這張紙條按地址送到嗎？」

她楚楚可憐地望著我，溫柔的黑眼睛中淌下幾滴淚水，緊緊抿著嘴唇，臉頰和耳朵都羞紅了。我很大方地謝絕了那十戈比，收下紙條，並將它交給了一位高等法院法官的兒子。那是一位高個子的大學生，臉上帶著因肺病導致的紅暈。他打算掏出五十戈比給我，不吭聲地認眞數著硬幣，聽到我說不需要酬勞的時候，他又想把硬幣揣回口袋裡，但沒放進去，於是硬幣叮叮噹噹地撒了一地。

看到五戈比和兩戈比的硬幣滾的到處都是，他很窘迫地搓著手。因爲搓的太使勁，手關節都啰啰作響了。他一邊喘著粗氣、一邊喃喃地說：「現在可怎麼辦？哦，再見吧，我得好好想想……」我不知道他想出了什麼結論，但我很爲那位小姐惋惜。她很快就從貴族學校裡失蹤了。十五年後我再次遇到了她，她在克里米亞半島的一所中學裡當教師，還患上了結核病。這個被生活所辜負的人，談起世上的一切，都帶著刻骨的仇恨。

白天送完麵包之後，我躺下睡覺。晚上的時候去麵包坊裡幹活，以便在半夜之前，把奶油麵包都送到商店裡。麵包店位於喀山劇院的旁邊，觀眾們會在演出結束後，來到我們這裡，把熱乎乎的酥皮點心一掃而光。之後我要把論斤賣的麵包和法式麵包所需要的麵團揉出來——手工揉出十五到二十普特的麵團，這可不是鬧著玩的。

再睡上兩三個鐘頭，就又要出門送麵包了。

就這樣，日復一日。

此時的我早已按捺不住，想立即就去傳播「理智、善良、永恆」的眞理。我是個善於與人打交道的人，能娓娓動聽地講述故事，我的經歷和讀過的書，給我的想像插上了翅膀。我能輕輕鬆鬆把日常生活裡的事，編撰成精彩的故事，隨心所欲地在其中穿上一條「看不見的絲線」。我認識克列斯托福尼科夫工廠和奧拉夫佐夫工廠的工人，跟織布工人尼基塔·魯布佐夫老頭最爲要好。他幾乎在俄羅斯所有的紡織廠裡都工作過，有著一顆睿智聰敏又總是記掛別人的心。

「我在這世道上都行走了整整五十七年啦①（①是俄國詩人尼古拉·阿列克塞耶維奇·涅克拉索夫（一八二一—一八七七）的詩作《致傳播者》（一八七六）中的詩句）！我的小阿列克謝·馬克西莫維奇，我年輕的小釘子，嶄新的小梭子！」他用沙啞的嗓子對我說。那雙患有眼病的灰色眼睛，透過深色眼鏡片衝我微微笑著。一截銅絲充當了眼鏡腳架，在他的鼻樑和耳朵上，留下了小塊的銅綠。他那濃密的灰色髯子，總是在嘴唇上方留一小撮，在下巴上蓄一大把，所以織布工人們都管他叫德國佬。他中等身材，有著寬闊的胸膛。在他那開心快活的表象背後，總有一抹掩不住的哀愁與憂傷。

「我愛看馬戲，」他把滿是皺紋、略微謝頂的頭向左肩一歪，說道，「馬不過是牲畜，怎樣把它們訓練好呢？透過一點甜頭，也就是一點撫慰。我一邊看著馬，一邊滿懷欽佩地想，瞧，只要運用聰明才智，也能把人調教的服服帖帖。馬戲團的馴獸員用糖塊來收買馬，我們當然也可以去小雜貨鋪買些糖塊。我們的心靈同樣需要甜頭——這就是溫和與友善！也就是說，小夥子，我們需要的是溫和與友善，而不是眼前這些殺氣騰騰的棍棒，對不？」

他對人們並不夠溫和友善，和他們說話時，總是帶著冷嘲熱諷，與人爭論時，總是劈頭蓋臉地反駁對方，一副盛氣凌人的架勢。我是在一個啤酒館裡認識他的，那時他正要和別人打架，已經挨了兩拳，我打抱不平把他帶出來了。

「他們對您出手重嗎？」我問。秋雨綿綿，我和他一起摸黑走著。

「嘿，這點疼算什麼？」他無所謂地說，「等等，你幹嘛要稱呼『您』？別那麼客套了。」

我們就這樣相識了。起初他總是說些機敏的俏皮話來取笑我，但是自從我跟他講了「看不見的絲線」在我們生活中的作用之後，他恍然大悟地感歎道：「你可不笨！一點也不笨，對不？」在那之後，他和我說話的口氣，開始像父輩那樣溫存親切，稱呼我時，甚至還鄭重其事地加上了父稱。

「小阿列克謝．馬克西莫維奇，我的小錐子啊，你的那些想法都很對，只是誰都不肯相信你，因為撈不到什麼好處。」

「那您相信嗎？」

「我不過是個短尾巴的喪家犬，那些被鏈子拴著的狗，才能被算作人民哪。他們那狗尾巴上黏著的蒼耳可不少呢：老婆、孩子、手風琴、套鞋，一堆雞零狗碎的事情。每隻狗都護著自己的小窩。別人不會相信你的。我們在莫羅佐夫工廠鬧事①（①指俄羅斯莫羅佐夫家族工廠之一，位於今天的奧列霍沃—祖耶沃市。曾於一八八五年一月發生工人罷工並遭到武力鎮壓）的時候就是這樣。誰衝向最前面，誰就會被打破腦門。腦門可不是屁股，好長時間都長不好的。」

自從他認識了克列斯托福尼科夫工廠的鉗工雅科夫．莎波士尼科夫之後，說起話時的口吻就不一樣了。那個鉗工患了肺病，是個吉他手，精通聖經，並且極端反對上帝。他從已經爛掉的肺裡咳出血痰，吐的到處都是，還信誓旦旦又慷慨激昂地舉證：「首先，我可不是『照上帝的形象』②（②出自《舊約．創世記》第一章第二十六節。神說：「我們要照著我們的形象，按著我們的樣式造人，讓他們管理海裡的魚、空中的鳥、地上的牲畜和地上所爬的一切昆蟲。」）打造出來的，我什麼都不知道，什麼都不會做，更何況我並不是個善良的人，不善良！其次，上帝並不知道我這日子有多麼苦悶、多麼難熬，或者他知道，但沒能力幫助我，再或者，他能幫卻不想幫。再說，上帝並非是全知全能的，也不是慈悲寬厚的，只不過是——壓根就沒有上帝！他是被憑空虛構出來的，一切都是被虛構出來的，就連生活本身也是被虛構出來的。這些都騙不了我！」

魯布佐夫吃驚的呆住了，臉憋的鐵青，之後就開始破口大罵。但是雅科夫從聖經裡引經據典，把他批駁的啞口無言。魯布佐夫像洩了氣的皮球，悶聲坐在那裡沉思。

莎波士尼科夫說話的時候，簡直可怕極了。他那張枯瘦的臉黑黢黢的，一頭黑色的卷髮像茨岡人那樣，發青的嘴唇裡閃著狼一樣的牙齒。他的眼睛一動不動地，死死瞪著自己的反對者。要想在這樣彪悍的對視之下還不亂了方寸，簡直做不到。它讓我想起了那個妄想症病人。

魯布佐夫跟我從雅科夫那裡離開時，陰沉著臉說：「從來沒有誰在我面前反對過上帝。我從沒聽到過這樣的話。我什麼樣的話都聽到過，就這個從沒聽過。當然，這個傢伙也活不了幾天了。嗯，怪可憐的！已經走火入魔了……有意思，小兄弟，這挺有意思的。」

他很快又跟雅科夫打的一片火熱，興奮的熱血沸騰，還時不時用手指揉揉那雙患病的眼睛。

「那麼，」他得意地笑了一聲，「也就是說，上帝被免職了？哼！我的小釘子啊，說到沙皇，他倒並不礙事。問題不是出在沙皇身上，而是在老闆身上。哪個沙皇當政都可以，甚至是伊凡雷帝①（①伊凡四世·瓦西里耶維奇（一五三〇—一五八四），又被稱爲伊凡雷帝，是俄國歷史上的第一位沙皇。一五三三年至一五四七年爲莫斯科大公，一五四七年至一五八四年爲沙皇）都沒問題——喏，請坐，好好當您的沙皇吧。只是得讓我管管那老闆！給我一條金鏈子，把老闆拴在皇位上，我就謝天謝地了……」

讀過《沙皇就是饑餓》之後，他說：「這裡的每個字都是對的！」

第一次看到這本石板印刷的小冊子後，他問我：「這是誰寫給你的？寫的眞是明明白白。你得轉告他一聲——多謝！②（②阿列克謝．尼古拉耶維奇．巴赫，謝謝您！——作者注）」

魯布佐夫如饑似渴地努力獲取知識。他全神貫注地，聽著莎波士尼科夫那套肆無忌憚的反上帝言論，一連幾個鐘頭，聽著我講書裡的故事，聽的仰著脖子開懷大笑，還止不住地誇讚道：「眞是機靈鬼編出來的俏皮段子，哦，太聰明了！」

他自己讀書很費勁——那雙患病的眼睛妨礙了他讀書，但他肚裡也裝有很多事情，並且時不時讓我大吃一驚：「在德國有一個聰明蓋世的木匠，連國王都會親自請他獻策。」

在我的追問下，我終於弄清楚了，他指的是倍倍爾③（③奥古斯特．倍倍爾（一八四〇—一九一三），德國社會民主黨和第二國際的創建人、領導人之一，早年曾做過旋工）。

「您是怎麼知道他的呢？」

「反正就是知道唄。」他簡短地回答，用小手指撓了撓尖尖的光頭頂。

莎波士尼科夫從不曾引起生活中那些煩心而瑣碎的小事，從不曾引起莎波士尼科夫的關注，他所有的心思，都用於詆毀上帝的存在、譏諷那些神職人員。他尤其憎恨那些修士們。

有一回，魯布佐夫和和氣氣地問他：「怎麼了，雅科夫？還在嚷嚷著要反對上帝嗎？」

他咬著牙惡狠狠地說：「還有什麼在妨礙我呢？嗯？我幾乎在二十多年的時間裡，都死心塌地的信仰他，戰戰兢兢的在他面前祈禱。我忍讓、我寬恕、我從不爭辯，一切都聽天由命，我束手束腳地活著。但在我潛心閱讀《聖經》之後，才眞正看明白——編造！尼基塔①（①即尼基塔・魯布佐夫），一切都是憑空編造出來的！」

他揮動著手臂，就像要扯斷那根「看不見的絲線」，差不多哭喊著說：「你看！就因爲這個，我還沒到日子就已經快死了！」

我還有一些有趣的熟人。有時我會跑去謝苗諾夫的麵包坊裡會一會老夥計們，他們總是很熱情地招呼我，聽我講講近況。但是魯布佐夫住在船廠區，莎波士尼科夫住在距離卡班河很遠的韃靼區，彼此之間相隔五俄里，我很少能看到他們。而他們來我這裡幾乎不可能，我根本沒有地方招待客人。況且這裡還來了一個新的麵包師——一個退伍士兵，跟憲兵們很相熟。憲兵隊大院又緊挨著我們的院子，那群威風凜凜的藍制服們，經常爬過牆頭來我們這裡，給漢加爾上校弄點白麵包，或是給他們自己弄點黑麵包。此外，我還被告知，別「太出風頭」，以免給麵包坊招來過多的關注。

我看到，我的工作已經沒什麼實際意義了。經常有人不顧麵包店的生意好壞，從帳房裡隨意支錢，以至於有時連買麵粉的錢都沒有了。捷連科夫揪著自己的絡腮鬍，沮喪地苦笑：「快破產了。」

他的日子同樣也很糟糕——棕色卷髮的娜斯嘉有了身孕，整日像隻凶巴巴的貓一樣，鼻子裡哼哧哼哧喘著粗氣，瞪著那雙綠眼睛，看什麼都不順眼。

她從捷連科夫身邊經過時，就像根本沒看到他，捷連科夫內疚地訕笑一下，歎著氣給她讓開道。

有時他也會向我抱怨：「一切都太不嚴肅了，誰都是想拿什麼就拿什麼——這樣沒好處。我剛給自己買了半打襪子，轉眼間就被拿光了！」

襪子的事的確很可笑，但我笑不出來。我看到這樣一個樸樸實實、毫無私心的人，努力想做一些有用有益的事情，卻四處碰壁。他身邊的人對這項事業根本不關心、無所謂，一手毀掉了捷連科夫的心血。捷連科夫並不指望那些服務對象，能夠給予自己感恩和回報，但是，他有權要求那些人，用更爲認眞和友善的態度來對待他，而不是當下這種態度。他的家裡也早就亂作一團了。他的父親因爲害怕死後下地獄，患上了精神憂鬱症；他的小弟弟開始酗酒，並和姑娘們鬼混；他的妹妹和他形同陌路，看來，她跟那個棕頭髮大學生的羅曼史並不甜蜜。我常看到她哭腫了眼睛，那個大學生也從此變成了我的仇敵。

我覺得自己迷上了瑪麗婭·捷連科夫。我甚至還喜歡上了麵包店裡的售貨員傑日達·謝爾巴托娃。她身材豐盈、臉頰紅潤，紅嘴唇上總是帶著甜美的微笑。總之，我開始戀愛了。年齡、性格和我那一團糟的生活，都使得我很想和一個女人親近。與其說這一天來的太早，不如說它來的太遲了。我需要得到一個女人的溫存，哪怕只是友善的關切。我希望能對她敞開心扉，撥開紛亂如麻的心緒，解開心中那些亂糟糟的結。

朋友——我是沒有的。人們看待我的目光，都像是發現一個可塑之才，既不能激起我的好感，也不值得我吐露心聲。當我開始說那些他們不感興趣的事情時，他們就會建議我：「快把這想法拋諸腦後吧！」

04

古里．普列特尼奧夫被捕了①（①時間為一八八八年二月。此後，古里．普列特尼奧夫於一八八八年九月第二次被捕），並被關在聖彼得堡的布列斯特要塞。是尼基弗雷奇首先告訴我的。那天清晨他在街上遇到了我，當時他正若有所思地走著，身上一本正經地掛滿了勳章，好像剛從檢閱儀式歸來似的。他舉起手碰了一下帽檐，默不作聲地和我擦肩而過，但馬上又站住腳，背對著我，火藥味兒十足地說：「古里．普列特尼奧夫在昨天夜裡被捕了……」

他擺了擺手，示意我別出聲，然後又打量了一下四周說：「這個小青年完蛋了！」

他那雙狡詐的眼睛裡，似乎還閃著淚光。

我知道，古里早就等著被捕的這一天了。他自己早就預先告訴了我，並且建議我和魯布佐夫都不要再跟他碰面。他像我一樣，和魯布佐夫也很要好。

尼基弗雷奇盯著自己的腳面，冷冰冰地問：「你要不要去我那裡坐會兒？」

當晚我去了他那裡，他剛剛睡醒，坐在床頭喝著克瓦斯飲料，他的妻子坐在窗邊補著褲子。

「是這樣的，」崗警撓了撓自己熊皮一樣多毛的胸脯，居心叵測地盯著我說，「他被捕了。憲兵隊從他那裡搜出一口煮顏料的小鍋，那顏料是用來印製反動傳單的。」

他往地板上吐了口痰，衝妻子氣呼呼地喊：「把褲子給我！」

「馬上馬上。」他妻子埋頭回答道。

「她很可憐那個小夥子，還掉了眼淚。」老頭一邊說、一邊瞅了瞅妻子，「連我都覺得他很可憐。不過，一個大學生怎麼膽敢反對沙皇陛下呢？」

他穿好制服後說：「我出去一趟。你，給我把茶炊燒好。」

他的妻子一動不動地望著窗外，但等他剛一關上崗亭的門，那女人立即就回過頭來，衝門口揮著緊緊攥住的拳頭，從牙縫裡擠出幾個字：「呸，你這個老不死的東西！」

她的臉哭腫了，左眼上方的大塊瘀青，把眼睛擠的都睜不開了。她從窗臺上蹦下來，走到爐子那裡低頭查看茶炊，小聲說：「我要騙他一次，狠狠騙他，騙的他像狼一樣嗷嗷叫喚！你別信他那套鬼話。一個字都別相信！他是在釣你上鉤。他騙人，他才不會可憐誰呢。他就是個等魚上鉤的漁夫。您的事他全知道了。他就是靠這個混飯吃的。他的獵物就是那些上鉤的人。」

她貼到我面前，用乞討般的口吻跟我說：「你親親我吧，好嗎？」

這個女人讓我彆扭極了，但看到她那雙可憐巴巴的眼睛，正滴溜溜地盯著我，我就忍不住抱了一下她，撫了撫她那粗硬的、有些凌亂的頭髮。

「他現在又盯上誰了？」

「雷布諾里亞茨卡婭旅館房間裡的什麼人。」

「你知道姓名嗎？」

她咧嘴一笑，回答我：「我這就去告訴他，你都問了我些什麼！他要回來了……古羅奇卡①（①這是古里的愛稱）就是他偵察出來的……」

然後她就蹦到了爐子一旁。

尼基弗雷奇帶回了一瓶伏特加、一些果醬和麵包。我們坐下來喝茶。瑪麗娜坐在我的旁邊，過於殷勤地招呼著我，用那隻沒受傷的眼睛盯著我的臉。而她的丈夫則對我說：「這根看不見的絲線，連在心裡、牽著骨肉。你想把它揪出來拽斷嗎？哼！沙皇就是人民的上帝！」

他出其不意地問：「你也算是博覽群書啦，福音書你讀過嗎？好，那麼，依你看，那上面的那些東西都可信嗎？」

「不知道。」

「依我看，那裡面有些話很多餘。這樣的內容還不少呢。比方說，關於窮人——『窮人是有福的①（①出自《新約馬太福音》第五章第三節。原經文是：「虛心的人有福了，因爲天國是他們的。」）』——他們能有什麼福氣？有點瞎扯。總之，書裡還有很多關於窮人的、莫名其妙的內容。應該把天生貧窮的窮人，跟那些後來墜入貧困的人區分開來。貧窮就意味著人品低劣！而如果誰是後來墜入貧困的，那他也許僅僅是因爲倒楣、不夠走運。這是需要區別看待的。這種後來墜入貧困的人就要好一些。」

「爲什麼呢？」

他先是不吭聲，死死盯著我，不遺餘力地想從我臉上發現些什麼，然後又在深思熟慮下一字一句地說：「福音書裡總是提到惻隱之心，而惻隱之心——是個危害很大的東西，我是這樣認爲的。惻隱之心使得人們在一些無用而有害的東西上，花費了巨額的成本，比如養老院、監獄、瘋人院。眞正應該幫助的，是那些堅強、健康的人們，讓他們不要把精力用來爲非作歹。而我們卻去幫助那些孱弱的人——孱弱的人難道能因此變的強大嗎？就因爲這些無聊的事情，原本強壯的人，被一天天拖垮、衰弱下來，而那些本就孱弱的人，乾脆就是坐享其成。這就是我們該好好深刻反省的地方！需要思考的事情太多了。應當明白，生活早就背離了福音書指引的方向，踏上了另外一條路。瞧，古里·普列特尼奧夫爲什麼完蛋了？因爲他有惻隱之心。我們體恤窮人們，而大學生們卻在遭殃，這怎麼解釋？嗯？」

雖然此前我也曾碰到過類似的看法——它們總是綿綿不絕地，根植於冥頑不化的人群中，遠遠超出我的想像——但把它們用如此露骨的方式表達出來，我還是第一次聽到。七年後，當我讀到尼采的書籍時，我非常清晰地想起了喀山老崗警的那套哲學。順便提一下，我在書中看到的那些思想，鮮有在現實生活中不曾聽到的。

那個老「捕獵者」②（②出自《新約馬太福音》第四章第十九節。耶穌傳道時行經海邊，偶遇三位打魚者，於是說：「來跟從我，我要叫你們得（捕）人如得（捕）魚一樣。」）一邊在架架叨叨，一邊用手指在托盤邊上敲著說話的節奏。他那張冷峻的臉上，嚴厲地蹙著眉頭，但他沒有直視我，只是盯著擦的鋥亮的茶炊上我的影子。

「你該走了。」他的妻子又提醒了他一次，他沒搭理妻子，而是一句接一句地，把自己的核心想法又重複了一遍。突然，他的思路出其不意地蹦到了另一個話題上。

「你是個不笨的小夥子，肚子裡有墨水，難道你僅僅想讓自己當一輩子麵包師？如果你換一種方式來效忠沙皇政府，就能賺到不少錢呢……」

我一邊聽他東拉西扯，一邊在想，怎樣才能給雷布諾里亞茨卡婭旅館裡的陌生人報個信，說尼基弗雷奇正在監視他們呢。在那兒的房間裡，住有一個叫謝爾蓋·索莫夫的人，我此前聽到過很多關於他的趣聞。

「聰明人都是抱團求生存的，比如蜜蜂們群居在巢裡，黃蜂們群居在窩裡。一國之君……」

「你看看表，都九點啦。」他的妻子提醒道。

「見鬼！」

尼基弗雷奇站起身，扣著制服扣子。

「沒事，我坐馬車去。再會吧，小夥子！常來坐坐吧，別客氣……」

我走出崗亭時，果斷地告誡自己，無論如何，也不再來尼基弗雷奇這裡「做客」了。雖然這個老頭對我還頗有興致，但他已徹底打消了招安我的念頭。他那套關於惻隱之心會帶來危害的論調，讓我大爲震撼，並深深地刻入了我的腦海中。我感到這套說法中似乎確有一些道理，誠然，它仍是出自於一個員警的視角。

關於這個話題的爭論時有發生，其中一次使我深受觸動。

城裡來了一個「托爾斯泰主義者」，我還是頭一次遇到他。這個人高高的個子，骨瘦如柴，面孔黝黑，留著黑色的山羊鬍子，抿著兩片黑種人的厚嘴唇。他有點駝背，總是盯著地面，但有時會猛然抬起略微謝頂的腦袋，用那雙濕潤的黑眼睛，目光炯炯地瞪向某一個地方，眼裡像要噴出憤怒的火焰。一次，很多年輕人聚在一個教授的房間裡討論問題。其中還有一位清雅俊秀、弱不禁風的小神父，他是個神學碩士，穿著一身黑色的絲質長袍，長袍將他那張精緻的臉龐襯的更加蒼白了。小神父冷冰冰的灰色眼睛裡，閃著程式化的刻板微笑。

托爾斯泰主義者滔滔不絕地，講著福音書中永恆不變的偉大眞理，他的嗓音悶聲悶氣的，句子凝練而清晰，能讓人從中感受到虔誠信仰的力量。他用毛茸茸的左手，砍出一個個殺氣騰騰的雷同手勢，但右手卻一直斜插在口袋裡。

「逢場作戲！」我身邊的角落裡傳出這樣的低語。

「演的倒是挺像回事的……」

而我在不久前剛讀過一本書，好像是德雷珀①（①約翰·威廉·德雷珀（一八一一—一八八二），美國化學家、生理學家、哲學家及歷史學家，著有《天主教與科學的關係史》）寫的，那是本關於天主教反科學的書。我覺得眼下這位演講者，就是那群狂熱信徒中的一個。他們堅信愛的力量能夠拯救世界，出於對人們的仁慈，打算把大家都用來殉道。

他穿著一件袖子很寬大的白襯衫，外面披了一件灰不溜秋的舊長袍，這更凸顯了他的卓爾不群。在佈道就要結束的時候，他大吼一聲：「那麼，你們到底是和基督站在一起，還是和達爾文呢？」

他像扔出石頭一樣，把這個問題拋到了坐滿青年的角落裡。那些小夥子們和姑娘們正帶著幾分驚恐、幾分癡迷呆呆地望著他。大家在他的言論面前似乎不堪一擊，一個個低著頭沉思默想。之後，他又在眾星捧月般熱辣辣的注視下，神情莊嚴地補充道：「只有法利賽人②（②西元前二世紀至西元二世紀，猶太教上層人物中的一派，標榜保守猶太教傳統，反對希臘文化影響，認爲自己維護了《舊約》傳說的至純潔性。《新約》作者認爲其淪於教條主義）才去嘗試著調和這兩種背道而馳的原理，他們的這種調和，純屬自欺欺人、愚弄世人……」

小神父站起身，整整齊齊地挽起長袍的袖子，故作寬容地乾笑了兩聲，又畢恭畢敬、和聲細氣地說：「顯而易見，您跟法利賽人的粗鄙觀點簡直是不謀而合啊，那些觀點的實質何只是粗陋，簡直愚蠢到家了。」

讓我目瞪口呆的是，他竟然開始證明，法利賽人才是最爲正統的正宗猶太教遺訓傳人，還說人民將會永遠跟隨他們，並與敵人鬥爭到底。

「請您去讀一讀約瑟福斯．弗拉維烏斯③（③約瑟福斯．弗拉維烏斯（約三七—一〇〇），古代猶太歷史學家、辯論家，著有《猶太戰爭史》《猶太古事記》等書）的書吧……」

托爾斯泰主義者猛然站起身，用一個輕蔑又誇張的小手勢，斬斷了小神父的講話，扯著脖子喊道：「今天的人民，正跟敵人一道反對著自己的朋友，人民並非是在按照自己的意志前行，他們是被脅迫、被強制的。你那個福斯關我什麼事？」

爭論的主題在小神父和其他人的東拉西扯下，已經徹底分崩離析，之後就乾脆不復存在了。

「眞理——就是愛！」托爾斯泰主義者高喊，不過他的眼睛裡只剩下憎恨和鄙視了。

我覺得自己已經被這一通通迷魂湯給灌暈了，完全抓不住他們那套雲裡霧裡的發言，所表達的核心意思，我腳下的大地，開始在一陣陣辭彙颶風中顫抖，我萬分悲哀地想，在這塊土地上，難道還會有比我更愚蠢、更無能的人嗎？

托爾斯泰主義者此刻正抹去臉上的血跡，兇神惡煞地叫喊：「把福音書扔一邊去吧！爲了不再繼續扯謊，快徹底忘了它吧！把基督再次釘在十字架上吧！這樣才是眞正的虔誠！」

在我面前有了一個不可逾越的問題：怎麼辦？如果人活一世，爲了得到幸福，就必須進行無休無止的戰鬥，那麼仁慈與愛豈不成了戰鬥獲勝的阻礙？

我得知了托爾斯泰主義者的姓名——科洛波斯基，還打聽到了他的住處，並在改天晚上去了他那裡。他住在兩個女地主的房子裡，我去的時候，他正和她們在花園裡一個枝葉繁茂的老椴樹下面閑坐。他穿著白色的褲子和上次那件白襯衫，敞著懷，露著毛茸茸的胸脯，高高的個子，瘦骨伶仃，倒是很貼合我頭腦中，那些傳播眞理的流浪教徒形象。

他用一把小銀匙，從盤子裡盛了點浸在牛奶中的馬林果，津津有味地嚥了下去，抿了抿厚嘴唇。他每吃完一匙，就吹吹沾在稀疏鬍子上的白色牛奶沫。一個姑娘站在桌旁服侍他，另一個倚著椴樹樹幹，雙手放在胸前，正望著燥熱晦暗的天空浮想聯翩。這兩個姑娘都穿著輕盈的紫丁香色連衣裙，嫋嫋婷婷，簡直像是從一個模子裡刻出來的。

他和藹可親地主動和我談起愛情的創造力，還談到，需要在內心中培養「能把人與精神世界緊密相連」的感覺。那種感覺與生活中處處可見的愛同在。

「唯有這樣，才能把人們眞正聯合起來！沒有愛，就無法理解生活。有些人宣稱，生存的法則就是戰爭，這樣的心靈簡直是不開竅，必定躲不過自我毀滅的。火焰澆不滅火焰，邪惡的力量同樣也不能戰勝邪惡！」

那兩個姑娘互相擁抱一下之後，就一起走向了花園深處的一幢房子。這個年輕人一邊眯起眼睛目送她倆離開，一邊問：「那，你是什麼人？」

聽我介紹完之後，他開始用手指敲著桌子，並跟我講，人——到處是人，應該致力於教化人們去熱愛他人，而不是致力於生活地位的改變。

「一個人，他的地位越低下，他就越接近生活的眞諦，接近生活中最爲神妙的智慧……」

我好幾次都很懷疑，他自己是否知道什麼是所謂的「神妙的智慧」，但我沒吭聲。我覺得他跟我在一起也乏味極了。他有些厭煩地瞅著我，把雙手伸到脖子後面，抻著腿打了個哈欠，半睜著眼睛，含含糊糊、半睡半醒地說：「要聽從愛的指令……生活的法則……」

他忽然全身哆嗦了一下，伸了個懶腰，像是要抓住空氣中的什麼，然後吃驚地盯著我說：「怎麼回事？我累了，對不住了啊！」

他重新合上了眼睛，緊咬牙關，齜著牙齒，好像是很疼的樣子，下面的那片嘴唇耷拉著，上面的則微微向上撇著，灰色的頭髮稀稀拉拉地支棱著。

我帶著厭惡離開了那裡。我有些懷疑他是否眞有誠意與人相處。

幾天後的一個清晨，我給一位認識的副教授——一個酒鬼加單身漢送麵包時，又一次看到了科洛波斯基。他好像已經在那裡待了很長時間，一夜沒睡，臉色很難看，眼睛又紅又腫，我覺得他可能喝醉了。胖乎乎的副教授喝的醉眼矇矓、直掉眼淚，穿著睡衣坐著，懷裡抱著吉他。屋裡一地狼藉，到處是被挪動過的傢俱、空酒瓶子、胡亂扔下的外衣。他東搖西晃地走過來，大聲吼著：「仁——仁慈……」

科洛波斯基粗魯又生硬地喊：「沒有仁慈！我們要麼被愛活活淹死，要麼在爲愛宣戰後，被打的一敗塗地，總之，我們註定難逃毀滅……」

他一把抓住我的肩膀，把我拽進房間裡，對副教授說：「瞧，你問問他，他想得到什麼？你問問，他需要對人類的愛嗎？」

副教授用一雙流淚的醉眼瞟了我一眼，咧嘴憨笑著說：「他是麵包店的夥計！我還欠他錢呢。」

他搖搖晃晃地走過來，把手伸進口袋裡掏出一把鑰匙，遞給我說：「給你，把錢都拿走吧！」

但是托爾斯泰主義者把鑰匙從他手裡抽走了，還衝我擺了擺手。

「你走吧，下回再來拿錢好了。」

他從我手裡接過麵包，往牆角裡的沙發上胡亂一扔。

他沒能認出我是誰，但這讓我很竊喜。我離開了那裡，把他的那些被愛淹死的話記在心間。

我打心眼裡厭惡這個傢伙。

我很快聽說，他向自己寄住的那個家裡兩姐妹中的一個，做了愛的表白。但就在同一天裡，他又向另外一個表白了一番。姐妹倆本想要彼此分享甜蜜的，結果卻都恨死了那個表白的人。她們叫打掃院子的人轉告，讓那個鼓吹愛情的人趕緊捲鋪蓋離開，越快越好。於是他就從這座城市裡徹底消失了。

現實生活中，愛情與仁慈的意義，是個亙古不變又難以捉摸的命題。我很早之前就想到了這個問題，最初它在我心中還不是很明朗，但給我帶來了尖銳的內心矛盾。之後它就變得漸漸清晰起來。一言以蔽之，愛情的作用是什麼？

我曾讀過的所有文字，都飽含了基督教的眞理、人道主義的思想，充斥著因憐憫人類而發出的陣陣哀號。關於這些內容，已有太多傑出的人曾做出娓娓動聽、熱情洋溢的闡述，在那時我就已結識了他們。

而我目之所及，卻絲毫找不到對人們的悲憫。生活就像是橫在我面前的一根無窮無盡、充滿敵意的殘酷鎖鏈。生活對我而言，就像一場爲贏得雞毛蒜皮的小勝利，而進行的無休止的骯髒戰爭，我只需要書籍，其餘的一切在我眼中都失去了意義。

是該花點時間走到街上看一看、坐在大門口好好想一想了——所有這些馬車夫、掃院子的人、工人、官員、顧客，他們生活的方式，他們所渴望得到的，他們何去何從，都與我以及我所熱愛的那些人不同。那些我發自內心敬重的、無比信任的人們，總是形單影隻，像一個個異類，他們在密密匝匝的人群中，在那些腐化墮落、鉤心鬥角、庸庸碌碌、蟻穴群居般苟活的人群中，都顯得格格不入、極其多餘。那些多數人所過的生活，在我看來都愚蠢的要命，乏味得讓人窒息。我還不時看到，現實中的人們會在不知不覺中，順從於生活中那些約定俗成的規則，而仁慈與關愛僅能存活於隻言片語裡，我倍感艱難。

一天，患了水腫、面色蠟黃的獸醫拉夫羅夫來找我。他氣喘吁吁地說：「人們的殘忍應該再繼續升級，直到所有的人都對此感到筋疲力盡，直到每一個人都對它憎惡透頂！哦，這該死的秋天！」

秋天過早地來到了。多雨、寒冷，伴著各種疾病，還有頻繁的自殺。拉夫羅夫不願等到水腫窒息而死的那一刻，於是也服氰化鉀自殺了。

「原本是個給牲口治病的，自己卻也像牲口一樣死掉了！」房東把獸醫的屍體拉走了。瘦小枯乾的裁縫梅德尼科夫，是個虔誠的教徒，會唱所有的聖母頌歌。他用三根皮鞭抽打自己的孩子——一個七歲的女孩和一個已上中學的十一歲男孩，用竹杖抽自己老婆的小腿。他還抱怨說：「法官指責我說，我是從中國人那裡學來的這套，可我這輩子除了在商店招牌和圖畫上，還從沒見過一個中國人呢。」

他手下有個整日愁眉苦臉的羅圈腿夥計，綽號叫頓卡老公的，曾這樣說起自己的老闆：「我真害怕這種一門心思信教、又整日和顏悅色的人！那些暴躁粗野的人，你一眼就可以辨認出來，還來的及躲閃。可這種和顏悅色的人，就像草地中陰險狡詐的蛇，趁你不備偷偷爬到你身邊，突然一下子跳起來，朝你心頭最柔軟的地方狠咬一口。我怕死這種和顏悅色的人了……」

頓卡老公表面上一團和氣，實際上慣會耍滑頭，還熱衷於告密，因此深得梅德尼科夫的歡心，不過，他那番話裡也確實有些道理。

有時我覺得，那些一團和氣的人，在生活中就像是一塊塊苔蘚，能讓石頭一樣堅硬的心腸變得柔軟起來，從寸草不生變為花果繁茂。但更為常見的，則是他們對於卑鄙齷齪之事的苟同，讓人費解的顛三倒四的做派，見風使舵、順水推舟的本領，還有那蚊蠅般惱人的訴苦聲。目之所及都讓我覺得，自己像是被蚊蠅團團包圍的絆腿馬。

那天我從崗警那裡出來時，也想到了這些。

秋風蕭瑟，燈火闌珊，黑雲壓頂的天空彷彿在顫抖，十月的細雨像微塵一樣灑落在地上。一個渾身濕透了的妓女，正攙住一個醉漢的胳膊，連拖帶拽地往前走著。那個醉漢嘴裡還在嘟嘟囔囔著什麼。女人早已筋疲力盡，小聲念叨著：「瞧瞧你這一輩子……」

是的，我想到，也有人正在把我拖拽到一個令人厭惡的角落裡，讓我抬眼看那些最為骯髒、淒慘的東西，和一群稀奇古怪的各色人等混在一起。我對這些早已厭煩透頂。

也許，那時的我還不曾想出這些字句，但這些想法已在我心頭閃過。就是在那個憂傷的夜晚，我第一次感到了心靈的倦怠、意志的頹喪。從那時起，我的挫敗感更加揮之不去，我開始用那種陌生而冷漠的敵對眼光來看待自己。

我發現，幾乎每個人身上，都存在著顯而易見的尖銳矛盾，不僅僅是在說話或是行動方面，連感情上也是如此。他們這類任性的小遊戲，讓我倍感苦惱。我在自己身上也曾發現這種矛盾，甚至情形比他人更為糟糕。女人、書籍、工作、快活的大學生們——我快被頭腦中這些想法撕扯的四分五裂了。我整天東奔西跑，但一事無成。我像是一只陀螺，一隻看不到的、強勁有力的手，揮舞著無形的鞭子，抽的我團團轉。

剛一得知雅科夫·莎波士尼科夫躺在醫院裡，我便跑去探望他。那兒有一位戴眼鏡的歪嘴胖女人，披著白圍巾，圍巾下露出一對像是被煮熟的紅通通的耳朵。她冷冰冰地說：「他死了。」看到我並沒走，還在一言不發、怔怔地站在她面前，她大為惱火，衝我喊：「怎麼？還想要我說什麼？」

我也氣急敗壞地說：「你——是個傻瓜！」

「尼古拉，快給我把他攆走！」

那個叫尼古拉的人，正在用一塊破抹布擦著一堆銅棒，他大吼一聲，掄起銅棒打在了我的後背上。我攔腰抱住他，把他拖到街上，就勢把他扔到醫院門廊外的水坑裡。他這下反倒老實了，在水坑裡不吭聲地待了一陣子，狠狠瞪著我，然後站起身來對我說：「呸！你這條狗！」

我去了傑爾查文①（①加福利爾·羅曼諾維奇·傑爾查文（一七四三—一八一六），喀山人，俄國古典主義詩人）花園。坐在詩人紀念碑旁的長椅上，我心中湧起一股強烈的衝動，想做出一件邪惡透頂的壞事，這樣就會有人一窩蜂地朝我撲過來，我就有了足夠的理由狠揍他們一頓。可今天雖然是節日，公園裡卻寂靜無聲，沒有一個人影，只有風還在不安分地呼嘯著，把乾枯的葉子吹來吹去，把路燈桿上的廣告吹的沙沙作響。

澄澈的天空漸漸暗了下來，黃昏降臨了。一個碩大的青銅怪物聳立在我面前，我一邊盯著它一邊在想，雅科夫曾孤零零地活在世上，拼盡所有心力去反對上帝，之後就平淡無奇地死了。平淡無奇，在這其中，不知曾包含著多少痛苦與委屈。

「那個尼古拉真是個白癡。他應該和我狠狠打一架，或者叫來員警，把我關進去……」

我去了魯布佐夫那裡。他正坐在自己小窩裡的桌子旁，就著一盞小燈修補上衣。

「雅科夫死了。」

老頭舉起捏著針的手想畫一個十字，但只是晃了晃手臂，針好像被什麼鉤住了。他低聲罵了一句粗話。

接著他開始抱怨：「總之，我們所有人都會死去的，這就是我們愚蠢的宿命。哦，是的，小兄弟！他死了，還有個光棍銅匠，估計也活不長了。就在那個星期天，他被憲兵隊帶走了，小古里帶我去見過他。一個聰明的銅匠！他和大學生們有一些牽連。大學生們打算暴動，你聽說沒有？哦，見鬼！衣服脖領這個地方我看不見……」

他把破上衣和針線遞給我，開始背著手在屋裡走來走去，一邊咳嗽個不停，一邊嘟囔著說：「要麼是這裡，要麼是那裡，剛剛燃起火苗，就被魔鬼一口氣吹滅了，然後就又暗無天日！這座城市真是倒楣透頂，趁著還有輪船，我要趕緊離開這兒！」

他頓了一下，撓了撓頭頂問道：「可又能去哪兒呢？哪兒都去過了。是的。我跑遍了各種地方，還把自己累的夠嗆。」

他吐了口痰，補充說：「唉，這叫什麼日子啊！一天天熬下去，卻什麼也沒賺來。心也老了，身子骨也糟了……」

他不再說話，站到了門口的角落裡，好像聽到了什麼，然後大步走到我跟前，在桌邊坐下：「告訴你，我的小阿列克謝，雅科夫白白在上帝身上花費了那麼多心血。上帝也罷，沙皇也罷，都不會越變越好。如果換我去逼他們遜位，我就會先讓人們學著對自己發發脾氣，罵一罵自己那卑鄙的過去，就是這樣！哦，我已經老了，一切都晚了，就要變成個瞎子了。眞是糟心啊，小兄弟！你補好了？太好了……走，去小酒館喝杯茶……」

在去往小酒館的路上，我們倆在一片漆黑裡跌跌撞撞地走著。他扳住我的肩膀，跟我喃喃地說：「記住我這句話：人們不會一直忍耐下去，他們的憤怒會在某個時刻爆發出來，然後人們就將毀滅一切，把這愚蠢的一切都燒爲灰燼！人們不會再忍耐下去了……」

我們在路上撞上了水兵圍攻妓院，沒去成小酒館。妓院的大門，被阿拉富佐夫工廠的工人們緊緊把守著。

「只要一過節，這裡就要打上一架呀！」魯布佐夫興沖沖地說。認出那些保衛者中有些是自己的工友後，他立即摘下眼鏡加入會戰，還煽風點火地縱情大喊：「堅持住！工友們！幹掉這夥小蛤蟆！捏死這群小鱒魚！咿呀——嘿！」

這個聰明的老頭，神采飛揚又手腳麻利地摻和到這場打鬥當中。他一股腦衝進運輸艦隊的水兵堆裡，上下左右一通拳腳，擋回了水兵的拳頭，撞了個人仰馬翻。我看到眼前這一幕，眞是又吃驚又好笑。這兩撥人並非要拼出個你死我活，好像只是爲了露露身手、顯顯威風似的。黑壓壓一片水兵，把一夥工人們擠到了大門門板那裡，不堪重負的大門發出了吱吱嘎嘎的響聲。工人中爆發出群情激奮的吼聲：「揍那個禿頭長官！」

有兩個人爬上了妓院屋頂，亮開嗓門放聲高唱：

「我們不是小偷，我們不是騙子，我們不是土匪，

我們是船上的夥計們，一群捕魚者！」①（①出自俄羅斯民歌《竊賊歌》）

員警吹響了警哨，黑暗中，一片明晃晃的銅紐扣齊刷刷地飛奔而來。員警們的腳下一片塵土飛揚，屋頂上的歌聲依舊嘹亮：

「我們把網撒向乾燥的河灘，

撒向商人的豪宅，撒向倉庫，撒向貨棧……」

「住手！不許打倒下的人……」

「老爺子——當心點！」

魯布佐夫、我以及另外五個人——有敵人也有朋友——被帶往警局。喧囂過後的秋夜裡，俏皮的歌聲在黑暗中爲我們送行：

「哎呀！我們抓住了四十條大狗魚，
足夠縫一件魚皮衣！」

「伏爾加河上的人民太棒了！」魯布佐夫讚歎地說。他不住地擤擤鼻涕、吐口唾沫，還小聲跟我說：「你給我快溜！逮到空檔你就趕緊溜！你跑去警局幹嘛啊。」

我和我身後的一個高個子水兵，一起溜進了一個小巷子，翻過牆頭跑掉了。從那個夜晚之後，我再也沒遇到過最爲可親又聰明機智的尼基塔．魯布佐夫。

我身邊開始變得空落落的。大學生們的學潮開始了，這場學潮的意義——我不懂，動機——我也不懂。我只看到他們開心愉快地奔忙，卻未覺察到悲劇已經在其中醞釀。我在想，只要我能在大學裡幸福地求學，即使是再殘酷的折磨，也完全可以忍受。如果有人跟我建議，「你去學習吧，不過作爲交換，每逢禮拜日，我們都要在尼古拉耶夫斯基廣場上，用棍子狠揍你一頓！」我興許也會欣然接受這條件呢。

我順路去謝苗諾夫的麵包店時，得知了賣麵包的人們，正打算去大學裡痛揍大學生們：「用秤砣狠揍他們一頓！」他們獰笑著說。

我開始和他們高聲辯論、激烈爭吵。但我猛然吃驚地發覺，我不僅理屈詞窮，而且也並非心甘情願要捍衛這群大學生。

記得那天我從地下室走出來時，好像剛剛挨過一頓打似的。我的心裡充滿了難以平復的憂傷。那憂傷足以摧毀人的意志，把人徹底壓垮。

那天夜裡，我在喀山河畔一邊往黑色的水面上扔著石子，一邊反反複複思量一句話：「我該做些什麼？」

爲了排遣苦悶，我開始學習小提琴，每天夜裡在店裡吱吱嘎嘎地拉個不停，吵得守夜人和老鼠都不得安寧。我一向熱愛音樂，因此學的興致勃勃、不亦樂乎。我的老師是一個劇院樂隊裡的小提琴手。可是好景不長。在一回小提琴課上，他趁我臨時從店裡出去一趟的時機，偷偷打開了我沒上鎖的錢箱。我回去時剛好在門口撞見他，他的口袋裡統統塞滿了我的錢。他見狀趕緊伸長了脖子，湊過來一張刮得溜光的臉，小聲跟我說：「喏，你打吧！」

他的嘴唇哆嗦著，淺色的眼睛裡流出兩行晶瑩的淚，淚珠大的出奇。

我眞想狠揍這個琴師一頓，讓他再也不敢做這種事。我坐到地板上，把緊緊攥著的拳頭壓在腿下，喝令他把錢放回錢箱。他掏空了口袋，走到門口，但突然又停了下來，像白癡一樣用大大的嗓門跟我說：「給我十盧布吧！」

我把錢給了他，但學小提琴這事也從此被扔到了一邊。

在十二月裡，我決定自殺①（①作者曾於一八八七年十二月十二日，在喀山河高岸旁的費奧多洛夫山岡上開槍自殺，未果）。我曾試著將有關這一決定的具體細節，寫進短篇小說《馬卡爾生活的事變》裡，但沒能成功。那個短篇小說寫的很笨拙，並不討人喜歡，同時也缺乏內在真實性。而我認為，恰是這種有悖常理，也可算作這本小說的優點。事實是眞眞切切存在的，但講述者卻像是別人，於是故事看來就和我完全不相關了。如果不談及這篇小說的文學價值，那麼裡面倒還有些讓我中意的內容——我到底克制住了自己。

我在集市上買到了一把軍隊鼓手用過的左輪手槍，槍裡配有四發子彈。我朝自己的胸口開了一槍，本以為可以擊中心臟的，沒想到只是打在了肺葉上。一個月後，我為此感到非常難為情。我知道自己簡直傻透了，然後又繼續去麵包店裡打工。

但是沒過多久，在三月末的一個晚上，我從麵包坊去麵包店時，在售貨員的房間裡碰到了霍爾。他坐在靠窗的椅子上吸著一個碩大的煙卷，若有所思地盯著煙圈。

「有空嗎？」他上來就問，沒有過多的寒暄。

「也就二十來分鐘吧。」

「來，坐下，聊聊。」

他和往常一樣，穿著布皮②（②一種緞紋棉布）哥薩克上衣，扣子扣的緊緊的，寬闊的胸膛前散著淺色的大鬍子，線條剛毅的腦門上，翹著鬃毛般的黃色短髮，腳上穿著鄉下人粗笨的大皮靴，皮靴發出一股刺鼻的膠皮味道。

「是這樣，」他平靜地小聲說，「您想不想去我那裡？我現在住在紅景村，沿伏爾加河向下大約四十五俄里。我在那裡有個小鋪子，您可以幫我照看生意，這佔用不了您很多時間。我那裡還有很多好書，可以幫助您學習的。您同意嗎？」

「好的。」

「那麼請您在星期五早上六點，趕到庫爾巴托夫碼頭，打聽一艘從紅景村來的小船，船主是瓦西里．潘科夫。其實那天我會先到一會兒，您也會見到我的。再會！」

他站起身，朝我伸過來一隻寬大的手掌，而另一隻手伸進懷裡，掏出一枚沉甸甸的銀製凸形懷錶看了一眼，說：「談六分鐘就結束了！對了，我的名字是米哈伊爾．安東諾夫，姓氏是羅瑪斯①（①在後面的文章中，霍霍爾、羅瑪斯兩種叫法會交替出現，都是指同一人）。就這樣吧。」

接著，這個勇士般魁梧的大個子，大步流星、頭也不回地轉身走了。

兩天後，我搭船前往紅景村。

05

伏爾加河剛剛解凍，鬆脆的灰色浮冰，從上游搖搖晃晃地漂了下來，在混濁的水面上漫成一片。小木船在與浮冰的磕磕碰碰中艱難前行，船舷兩側不時發出吱吱嘎嘎的聲音，把浮冰撞成晶瑩的碎片。風從上游吹下來，將浪花拍向河岸。耀眼的太陽讓人無法直視，從泛青玻璃般的冰塊邊緣，反射出明晃晃的白色光線。小木船艱難地運載著大木桶、麻袋、箱子，揚帆前行。舵手是一個名叫潘科夫的年輕莊稼人，穿著一身頗爲入時與考究的羊皮短上衣，胸前繡有五顏六色的花紋。

他從容鎮定、沉默寡言，眼神不露聲色，不太像個莊稼漢。那位在船頭上叉腿站著、手握長篙的，是潘科夫雇的長工庫庫什金。他胡亂裹著一件破舊的粗呢外衣，腰上繫著一條繩子，戴著一頂皺皺巴巴的神父帽，臉上掛著瘀青和擦傷。他用長篙撥開浮冰，輕蔑地罵道：「去去去，一邊去……看你往哪兒鑽……」

我和羅瑪斯坐在船帆之下的一個箱子上面。他低聲對我說：「莊稼人都不喜歡我，特別是那些有錢的！您也會招他們不待見的。」

庫庫什金把船篙橫在船頭、放在腳邊，轉過那張受傷的臉對著我們，帶著誇讚的口吻說：

「尤其是你啊，安東內齊①（①安東內齊是米哈伊爾·安東諾夫·羅瑪斯的俗稱。俄國人名分為名、父名、姓，在日常生活中常單用父稱來稱呼對方。羅瑪斯即前文中提到的霍霍爾），神父就不喜歡你……」

「那是當然啊。」潘科夫也確認了這一點。

「你對他來說，就是一根卡在嗓子眼裡的骨頭！」

「但我還是有朋友的，您也同樣會有的。」我聽到了羅瑪斯對我說話的聲音。

春寒料峭，三月的太陽還不夠暖和。河岸上一些光禿禿的黑色樹枝在搖搖擺擺，岸邊岩石縫隙裡或是灌木叢下，還留有天鵝絨般的小片殘雪。河面上到處是浮冰，好似放牧的羊群。眼前的一切宛如夢境。

庫庫什金把煙絲塞進煙斗裡，開始發表高見：「雖說您不是神父的妻子，可他身為神父，應當照《聖經》所寫的那樣，愛世上所有的人才對啊。」

「是誰把你打成這樣的呢？」羅瑪斯忍俊不禁地問他。

「還能是誰，就是那群惡霸、地痞們。」庫庫什金一臉鄙夷。之後，他又頗為自豪地說：

「還有一回炮兵把我給打了。真的！我都搞不懂自己那次是怎麼活下來的。」

「爲什麼打你呢？」潘科夫問。

「昨天？還是炮兵那次？」

「那，昨天是怎麼回事呢？」

「哦，誰知道他們幹嘛要打我！我們這裡的人就像山羊，一有什麼事，立即就頂犄角！他們都拿打架當正事呢！」

「依我看，」羅瑪斯說，「是你說話不小心得罪了人，然後他們才打你的。」

「是那麼回事。我就是忍不住好奇，總喜歡刨根問底。對我來說，要是能聽到點新鮮事，那簡直開心死了。」

船頭猛然撞到了冰塊，只聽船舷咔嚓一響。庫庫什金劇烈地搖晃了幾下，緊緊抓住了篙杆。潘科夫責備說：「小心你的工作，斯捷潘！」

「你別總跟我聊天！」庫庫什金一下子擋開冰塊，嘟囔著說，「我沒法又跟你聊天又掌好舵……」

他們倆你一言、我一語逗著嘴，而羅瑪斯則對我說：「這裡的土地比我們烏克蘭那裡的更貧瘠，可人卻好的多。個個都很能幹！」

他的話，我字字句句聽進心裡。我是眞心相信他的。我喜歡他那份沉著穩重，也喜歡他簡單質樸、擲地有聲的說話風格。在我看來，這個人很有見地，看待人們時，有著自己獨到的眼光。

最讓我喜歡的一點，是他並不追問我爲什麼要對自己開槍。要是換作別人，早會對這個問題窮追猛打了，我已對這一套厭煩透頂。這個問題眞的很難回答，鬼才知道我幹嘛要想出自殺這個餿主意。要是羅瑪斯問起我，我肯定會給出一個既囉囉唆唆又傻里傻氣的回答。我根本不想再提起這件事。此刻的伏爾加河上，一切是那麼美好、自在、暢快。

小木船駛向了右側的沙汀，左邊的水面陡然寬闊起來。持續上漲的河浪，正拍擊著岸上的矮樹林，將它們沖的東倒西歪。潺潺春汛順著地上的淺灘和縫隙，翻捲著晶瑩的波浪迎面匯入河水。太陽淺笑盈盈。黃鼻白嘴烏鴉的羽毛，在陽光下閃著金屬般的光澤。它們忙不迭地咕咕叫著，在給自己築巢壘窩。暖融融的地面已現出一抹嫩綠，那是小草剛鑽出土壤、冒出向陽的嫩芽。此時乍暖還寒。人們心中的喜悅早已不必言傳，一束希望之光又溫柔地拂過心間。春天的大地如此讓人愜意。

中午我們已趕到了紅景村。在那高聳陡峭的山上，建有一座天藍色圓頂的教堂。從教堂一路到山下，各種漂亮、堅固的小木屋鱗次櫛比，屋頂上的黃色木板和錦緞般的麥秸，在太陽下閃著光。分明是尋常景致，眼前卻格外動人。

我從前乘船經過這裡時，早已不知遠眺過多少次這個村莊。

我們開始和庫庫什金一起卸船。羅瑪斯把包裹從船上遞給我時說：「看來你還挺有力氣的！」

他頭也不抬地問我：「那——你胸口不疼嗎？」

「一點都不疼。」

他的這番委婉，讓我很受感動。我尤其不想讓那些莊稼漢，知曉我自殺的經歷。

「力氣倒是有，不過使過頭啦。」庫庫什金搭話說，「你是哪個省的？下諾夫哥羅德的？那人家會取笑你是靠水吃飯的。還有那句話——『喂，盯準海鷗打哪兒飛起』①（①伏爾加河沿岸的下諾夫哥羅德人多以拉縴為生，拉縴時，他們常根據海鷗飛行的方向判斷天氣變化），也是專門編派你們的。」

一個身姿挺拔的高個子莊稼漢，邁著闊大的步子，躍過閃著銀色光芒的一條條小溪，踩著鬆軟的黏土，順著山坡一路走下來。他打著赤腳，只隨意穿了一件襯衫和一條襯褲，留著一頭濃密的棕色頭髮，蓄著捲曲的大鬍子。

他走到岸邊，親切地大聲說：「歡迎你們！」

他左右打量了周圍一下，先撿起一根結實的木棍，接著又撿起了一根，把兩根木棍的一端都搭在船舷上，輕鬆一躍跳上了船，建議說：「用腳踩穩木棍，別讓它們從船舷上滑下去，然後就可以把木桶順著滾下去了。小夥子，來，搭把手。」

他就像是從畫中走出來的美男子，緋紅的臉頰，端正的高鼻樑，一雙天藍色的眼睛神采奕奕，他看起來身強體壯。

「伊佐特，小心別感冒！」羅瑪斯說。

「我嗎？不用擔心。」

我們將煤油桶一個個推上了岸。伊佐特瞅著我問：「店家的夥計？」

「快跟他打一架！」庫庫什金在一旁煽風點火。

「你的臉又挨揍了？」

「跟那群人有什麼法子呢。」

「這回是和誰呢？」

「哎，就是那群打人的唄……」

「瞧瞧你啊！」伊佐特歎了口氣，又轉向了羅瑪斯，「大車馬上就開過來。我老遠就看到你們了。船開的很棒。安東內奇，你走吧，我來盯著。」

可以看出，這個人對待羅瑪斯非常友善和關切，甚至像個保護人，雖然羅瑪斯比他還要大十歲。

半小時後，我在一幢嶄新的小木屋裡一間整潔舒適的房中安頓下來。牆面甚至還散發著松香與麻屑的味道。一位俐落幹練、目光敏銳的女人擺好了午飯。羅瑪斯從箱子裡取出些書，擺在了壁爐旁的隔板上。

「您的房間在閣樓裡。」他說。

從閣樓的窗戶可以看到村子的一部分。我們的木屋正對著山谷。山谷裡的矮樹林中，露出一些澡堂式的屋頂。山谷後面是大片的果園和黑土田野。它們順著山勢綿延不斷，一直延伸到山頂的藍樹林那裡，消失在天際。在澡堂式屋頂的上面，坐著一個穿藍衣服的農民，他一隻手握著斧子，另一隻手搭著涼棚，眺望著下方的伏爾加河。牛吃力地哞哞叫著，費勁地拉著大車前行，車輪吱嘎作響。一位一身黑衣的老奶奶剛走出木屋的大門，又回頭看了一眼大門，大聲說：「這群小東西，去死吧！」

兩個小男孩正在有模有樣地，用石子和泥巴擋住小溪，聽到老太太的聲音後，趕緊跑的遠遠的。老太太從地上撿起一塊木片，往上面吐口唾沫，扔到了小溪裡。接著，她用穿著男靴的腳踢翻了孩子們的「建築作品」，順河走了下去。

我該怎麼在這裡生活呢？

有人招呼吃飯了。樓下的桌子邊上坐著伊佐特。他伸著長腿，腳底板都變成了紫紅色。他正在說著什麼，但看到我後就不吭聲了。

「你怎麼不說了？」羅瑪斯皺著眉頭問，「接著說。」

「沒什麼可講的了，都講過了。也就是說，大家是這樣決定的：我們自己來治理，你要隨身帶上手槍，要不就帶上根結實的棍子，在巴里諾夫面前可別想什麼說什麼，他跟庫庫什金一樣——嘴裡兜不住風。你，小夥子，喜歡釣魚嗎？」

「不喜歡。」

羅瑪斯說必須把個體果農組織起來，從而將他們從投機商手中解脫出來。伊佐特認眞聽完後說：「那些徹頭徹尾的吸血鬼，是不會讓你有好日子過的。」

「走著瞧。」

「哼，準是那麼回事！」

我看著伊佐特在想，也許，卡羅寧①（①卡羅寧（一八五三—一八九二），俄國民粹派作家。他的作品多取材於農村生活，曾因參加民粹運動而遭到迫害）與茲拉托夫拉茨基②（②尼古拉·尼古拉耶維奇·茲拉托夫拉茨基（一八四五—一九一一），俄羅斯作家，於一九〇一年獲彼得堡科學院名譽院士。他傾向於民粹派，以農民的苦難生活和農村階級分化爲創作主題，著有中篇小說《農民陪審團》及長篇小說《基礎》）的小說，就是取材於這些農民們呢……

難道，我已經成功地親臨一個重大事件，眼下就要和那些眞正做事業的人，一起埋頭工作了嗎？

伊佐特吃完飯後對羅瑪斯說：「你，米哈伊爾·安東諾夫，不用急於求成，心急吃不了熱豆腐。得穩穩當當地慢慢來！」

等他走後，羅瑪斯若有所思地說：「是個聰明又誠實的人，可惜就是肚裡少點墨水，沒怎麼讀過書。但是，他一直在頑強地學習。那麼，我們就在這方面幫幫他吧！」

直到晚上，他都在幫我熟悉店鋪裡各種商品的價格。他解釋說：「我賣的比村裡其他兩個鋪子都要實惠，當然，這可不招他們喜歡。他們給我潑髒水，還打算揍我一頓。我住在這裡並不是爲了安逸或是賺錢，而是爲了別的原因。這個，就跟你們的麵包鋪是一回事。」

我說我已經猜到這一點了。

「哦，是的……應該教會人們智慧與理智，對嗎？」

店鋪打烊了，我們托著臺燈，一起在裡面隨便溜達。外面傳來陣陣啪嗒啪嗒的腳步聲，有人正在泥地裡小心翼翼地走動，有時還會重重踏上門廊處的臺階。

「您聽到了嗎？有人在走動！這是米貢，一個孤老頭，不是什麼好東西。他最喜歡搬弄是非，就像漂亮姑娘喜歡賣弄風情一樣。您將來和他說話可要小心，總之……」

隨後，他魁梧的身子背靠著壁爐，眯著眼睛吸起了煙斗，在煙霧繚繞之間，和我不緊不慢地攀談起來。他簡單明瞭地說，他早已發現我正在浪費著大把的青春時光。

「您是個很有才幹的人，骨子裡很堅強，並且還帶著美好的願望。您應當去學習，但不要埋頭於書本，忽略了身邊的人群。有一位信教的老者曾非常確定地說：『任何技能都是從人群中獲得的。』人們教您的時候，方式往往很粗暴，會有些痛苦，但您會因此而更加難忘。」

他和我說起一些我耳熟能詳的話題，並指出首先應在農村中喚醒理智。這些熟悉的詞語，又給了我很多嶄新的、更爲深刻的啓發。

「你們那裡的大學生，總愛瞎扯什麼對人民的愛。我要對他們說：『不能愛人民。對人民的愛，不過是句空談而已。』」

他翹著鬍子笑了笑，用探尋的目光盯著我，一邊在房間裡踱步，一邊繼續著生動而深刻的話題。

「愛，意味著認同、遷就、不指指點點，還有寬恕。對女人是能做到這些的。可是，難道你能做到不去指摘人民的無知，贊同他們錯誤的認知，寬恕他們所有的卑劣行徑，原諒他們的暴行嗎？你能嗎？」

「不能。」

「就是這樣！在你們那裡，大家都在讀、在傳唱涅克拉索夫的作品。但是，您知道嗎？局限於涅克拉索夫①（①尼古拉．阿列克塞耶維奇．涅克拉索夫（一八二一—一八七七），俄國詩人、革命民主主義者。他的作品忠實描繪了社會底層人民與農民的生活與情感，充滿愛國色彩與公民責任感）的作品，是不會有大作爲的！應當這樣開導農民們：『夥計，你雖然是個不錯的人，可日子過的太糟糕了。你的日子本可以過的更好一些、更輕鬆一點，可你又什麼都不會做。連野獸都懂得關心自己、保護自己，你還不如它們呢！你可以成爲各種各樣的人物，貴族、神父、學者、沙皇——這些人過去都是農民。看到了嗎？你懂了嗎？那麼，爲了避免挨打，快去學習怎樣生活吧……』」

他進了一趟廚房，讓廚娘燒開茶炊，然後開始向我展示他的藏書，幾乎全部是學術著作：巴克爾①（①巴克爾（一八二一—一八六二），英國實證論歷史學家）、賴爾②（②賴爾（一七九七—一八七五），英國地質學家）、哈特波爾·萊基③（③哈特波爾·萊基（一八三八—一九〇三），愛爾蘭歷史學家、政論家）、盧伯克④（④盧伯克（一八三四—一九一三），英國考古學家、生物學家和政治家）、泰勒⑤（⑤泰勒（一八三二—一九一七），英國人種學家、社會學家）、穆勒、斯賓塞⑥（⑥斯賓塞（一八二〇—一九〇三），英國哲學家、英國社會學的奠基人）、達爾文等。其中俄國的有皮薩列夫、杜勃羅留波夫、車爾尼雪夫斯基、普希金的作品和岡察洛夫的《戰船帕拉達號》，以及涅克拉索夫的作品。

他像撫摩小貓般，用寬大的手掌輕輕摩挲著這些藏書，很動容地喃喃說道：「都是好書啊！這一本最爲珍貴，險些被書刊檢察官們付之一炬。如果你想知道到底什麼是國家，就好好讀一讀它吧！」

他遞給我的這本書，是霍布斯的《利維坦》⑦（⑦這本書由英國哲學家和政治思想家霍布斯（一五八八—一六七九）所著。主張君主專制政體，包括「論人」、「論國家」、「論基督教國家」、「論黑暗王國」四個部分）。

「這本也是講國家的，但更淺顯、更輕鬆些！」

這本輕鬆一點的書，是馬基維利的《君主論》⑧（⑧由義大利政治活動家、歷史學家馬基維利（一四六九—一五二七）所著，主張君主專制）。

喝茶時，他簡單地談了談自己。他是切爾尼戈夫省一位鐵匠的兒子，曾在基輔火車站當過火車加油工人，並在那裡結識了一位革命者。他組建過一個工人自學小組，後來被逮捕，坐了兩年牢，又被流放到雅庫特，在那裡待了十年。

「起初，我在烏盧斯和雅庫特人生活在一起，以爲一切都無可挽回了。該死的嚴冬把人的腦子都凍僵了。那是個蠻荒之地。後來我看到，要麼是這兒，要麼是那兒，總會冒出一兩個被流放的俄羅斯人。他們都被安排的七零八落，但多少還是有的！好像是怕這些人太過寂寞，不斷地又有新人被補充進來。他們都是好人。有一個大學生弗拉基米爾·柯羅連科①（①弗拉基米爾·柯羅連科（一八五三—一九二一），俄國民主主義作家、社會活動家），現在也被釋放了。我和他曾相處的不錯，後來我們分道揚鑣了。我倆在很多方面都彼此相像，可友誼並不會僅僅因爲彼此相像而長久下去。他是個專注又執著的人，在很多方面都才華橫溢。他甚至還會畫聖像畫，我可不喜歡這一套。聽說他現在在給雜誌刊物畫畫，做的很不錯。」

他和我一直聊到了深夜。看來他很想盡快和我建立牢固的友誼。我第一次這樣正式地結交一個人。在那次自殺嘗試之後，我對自己的看法急轉直下，我在自己眼中渺小的可憐，在任何人面前都唯唯諾諾，像是做錯了事，甚至羞於繼續在世上活下去。羅瑪斯似乎明白這一點，於是用最簡單不過又關懷備至的方式，在我面前打開了一扇生活之門，重新給我打足了氣。這眞是令人難以忘卻的一天。

星期日的日禱之後，我們的店鋪開張了，我們的門廊上聚了很多農民。第一個進來的是蓬頭垢面的馬特維．巴里諾夫。他的胳膊像猴子一樣長，一雙女人般的漂亮眼睛大而無神。

「城裡有什麼動靜嗎？」他權當是打招呼，還沒等到對方回答，又迎面衝著庫庫什金喊：「斯捷潘！你的那群貓又咬到公雞了！」

接著他又講喀山省長去了聖彼得堡朝見沙皇，懇請沙皇把韃靼人都遷到高加索和圖爾克斯坦。他還把省長吹噓了一番：「眞是聰明人啊！太內行了……」

「都是你信口胡謅的吧。」羅瑪斯淡定地揭穿了他。

「我？什麼時候？」

「不知道……」

「安東內奇，你總是不相信這個，不相信那個的。」巴里諾夫責備他說。然後，他又頗爲同情地搖了搖頭：「我還是很可憐韃靼人的。高加索是很不好適應的。」

一個瘦小枯乾的人小心翼翼地走來，他穿著一件不合身的破收腰外衣。他發青的臉龐被一陣陣痙攣扭曲的變了形，黑色的嘴唇上咧出了病態的微笑。他那隻目光犀利的左眼，總在不停地一眨一眨，左眼上方的花白眉毛，被一道傷痕攔腰截斷，也在哆嗦著跳個不停。

「米貢大人好！」巴里諾夫開玩笑說，「昨天夜裡又偷了點什麼好東西？」

「您老的錢唄！」米貢底氣十足地說，順帶轉身向羅瑪斯脫帽致意。

我們這幢木屋的主人，同時也是我們的鄰居潘科夫，從院子裡走了出來。他穿著短大衣，脖子上繫著紅圍巾，腳上穿著橡膠套鞋，胸前垂著一條像韁繩一樣的長長的銀鏈。他用惱火的目光上下打量了米貢一番，說：「你這個死老頭，要是膽敢爬進我的牆頭，我定用棍子打折你的腿！」

「不就是拉拉家常嘛。」米貢不疼不癢地辯解。他長歎一口氣，又補充道：「要是不讓你打人，你還活的下去嗎？」

潘科夫開始罵他，可他又多嘴多舌地說：「明明一點都不老嘛！我才剛剛四十六歲……」

「可去年耶誕節的時候，你就已經五十三歲啦，」巴里諾夫大叫著說，「你自己親口說的——五十三歲！你怎麼睜著眼說瞎話啊？」

一位身材魁梧、留著鬍子的老頭蘇斯洛夫①（①我已記不清楚那些農民的姓名，也許會把他們的姓名搞混或寫錯——作者注）和漁民伊佐特走了過來，之後又陸陸續續走來十餘個人。羅瑪斯坐在小雜貨鋪門口的門廊上吸著煙斗，默不作聲地聽著農民們的談話。大家有的坐在門廊的臺階上，有的坐在兩旁長凳上。

天氣還很涼，忽明忽暗。湛藍的天空彷彿在嚴冬裡被凍僵了，雲朵在上面快速地浮動著。天光雲影漂游在小溪和水窪中，一會兒晃得讓你睜不開眼，一會兒又像天鵝絨般溫柔撫過你的眼簾。街上走來幾個花枝招展的姑娘。她們像孔雀一樣，拎著裙裾，露出笨重的皮靴，從水窪上輕盈地跳過去，走向伏爾加河河畔。幾個扛著長釣竿的小男孩一溜煙跑了過去。幾個高大健壯的農民經過時，斜眼瞅了瞅我們店鋪門口的人群，掀起簷帽或氈帽向熟人問好。

米貢和庫庫什金還在你一言我一語地揪扯一個難題：商人和地主老爺，誰更凶一些呢？庫庫什金說是商人，可米貢說是地主。米貢的那副大嗓門徹底蓋住了庫庫什金，於是只能斷斷續續聽到庫庫什金的隻言片語。

「先是芬戈洛先生的父親大人，揪住了拿破崙大帝的鬍子，然後芬戈洛先生趕到了，他拽住這兩人後腦勺上的卷毛，往兩邊一扯，又把他們的腦門咣當一聲狠拍在一起。真帶勁！那兩個傢伙就都躺在地上一動不動了。」

「換成你，也會倒在地上的！」庫庫什金表示贊同，但又補充說，「不過，商人可比地主能吃多了……」

蓄著濃密鬍鬚、高大魁梧的蘇斯洛夫，坐在門廊的臺階上面對羅瑪斯抱怨說：「米哈伊爾·安東諾夫，農民在這塊土地上可是越來越站不穩腳跟了。地主老爺們不許你吃乾飯，每個人都必須悶頭老老實實工作……」

「那你就去遞個請願書，請求恢復農奴制好了。」伊佐特搭話。羅瑪斯沉默地看了他一眼，開始在門廊的欄杆上磕煙斗。

我一直在等，他什麼時候才開口說話呢？我一邊豎起耳朵，認眞聽著農民們東一榔頭、西一棒槌的閒扯，一邊在試著揣摩霍霍爾會說些什麼呢？我覺得他已經錯失一連串加入這次閒談的好機會。但他面無表情地沉默著，木頭人一樣一動不動地乾坐著，看著風吹皺了水窪，把白雲捲成了厚重的烏雲。輪船的汽笛在河面上嗚嗚作響，下游傳來在手風琴的伴奏下、姑娘們清脆嘹亮的歌聲。一個醉漢一路打著酒嗝，吼著瘋言瘋語，揮舉胳膊，邁著東搖西晃的醉步，不小心栽進了水坑裡。農夫們慢吞吞地聊著天，他們的話語之間，充滿了沮喪與憂傷，這種憂傷同樣也悄悄浸潤了我的心。寒氣逼人的天空中，正醞釀著一場大雨。我想起了城裡的各種喧囂、街上行色匆匆的人們，和他們機鋒頻現、海闊天空的談話。

晚上喝茶時，我問羅瑪斯，什麼時候才會和農民們說話。

「談什麼呢？」

「嗯，」他認眞聽我講完，然後說，「您知道嗎？如果我在街頭和他們說了話，我就會被重新流放到雅庫特去……」

他把煙絲塞進煙斗裡，深吸了一口，在一片煙霧繚繞中，從容平靜地講起一番令人難忘的話。農民是非常小心謹愼的，不會輕信別人。他們害怕自己、害怕鄰居，並且尤其懼怕所有陌生人。現在距離他們重獲自由才不過三十年①（①一八六一年二月十九日，沙皇下令廢除農奴制。而當時爲一八八八年，相距二十八年），每一個四十歲上下的農民，當年生下來就是農奴。農奴這兩個字，已在他們記憶裡打上了烙印。自由是什麼，他們很難領會。動動嘴皮討論一下當然很簡單，自由，這意味著過上自己想過的生活。可到處都是長官，處處給你的生活找麻煩。

自從沙皇把農民從地主手裡搶過來以後，他就變成了農民們頭頂上唯一的長官。於是又回到了這個命題——自由到底是什麼樣子的呢？農民們認為，終將有一天，沙皇會站出來解釋什麼是自由。他們非常相信沙皇——他可是所有土地的唯一長官、所有財富的唯一所有者，他能從地主手中奪來農民，也能從商人手中奪來船隻和商鋪。他們也非常擁護沙皇——顯然，有一堆長官很讓人頭疼，而只有一個反倒會好些。

農民們渴盼著沙皇向他們詮釋自由的那一天。那時，誰想要什麼就能抓走什麼。所有人對於這一天，都是既望眼欲穿又惶恐不安。每個人都在心裡反反複複默念：萬萬不可錯過那個瓜分所有財產的重要日子。但他們心裡又在不停地打鼓：滿眼都是好東西，統統都想抱回家，可只有兩隻手，怎麼個拿法呢？大家都會虎視眈眈地盯著同一樣東西，更何況還有那麼多數不清的長官老爺站在一旁呢。那些長官老爺對農民心懷敵意，甚至還敢藐視沙皇。但沒有長官是不成的，要不所有的人都會你爭我搶，打的頭破血流。

風把大滴的春雨狠狠摔打到玻璃窗上。街上升騰起晦暗的灰色霧氣。我的心情也晦暗極了，感到一陣陣失落。羅瑪斯語重心長地說：「去喚醒農民，讓他們逐漸學會把政權，從沙皇那裡奪取到自己手中。人民應該享有從自己的群體當中，選擇長官的權利，不只是員警，還有省長，甚至沙皇……」

「那可要等一百年！」

「您是想在三一節①（①三一節也稱聖靈降臨節，東正教十二大節之一，為紀念耶穌復活後差遣聖靈降臨而舉行，在復活節後第五十天）前就革命成功嗎？」羅瑪斯認眞地質問。

當晚他出門了，十一點時附近的街上傳來一聲槍響。我急忙跑進漆黑一片的雨中，看到羅瑪斯正向大門走過來，他身形高大，步履從容，小心地避開了地上的積水。

「您出門幹嘛？這一槍是我打的……」

「衝誰？」

「那會兒有幾個人揮著棍子衝我跑過來，我說：『站住！要不我就開槍了！』他們不聽。然後我就衝天開了一槍，還好沒把它打出窟窿……」

他站在門廊裡，像馬一樣打著響亮的噴嚏，脫下外套，捋出鬍子裡的雨水。

「這雙該死的破靴子！該換一雙了。您會擦洗左輪手槍嗎？謝謝，要不就生銹了。請塗上點煤油……」

他那雙灰色眼睛中流露出的鎮定自若與堅如磐石的信念，讓我心生敬意。他一邊對著房間裡的鏡子梳理著鬍子，一邊提醒我：「您去村子裡的時候要小心一些，特別是節日裡和晚上。也許，他們也在盤算著打您呢。不要隨身攜帶棍棒，這會讓那群好打架的傢伙們更手癢，還會讓他們以爲您很害怕。根本不用害怕！他們自己才是一群膽小猥瑣的人！」

我的生活開始變得一帆風順，每天都會迎來新鮮的、重要的事情。我開始如饑似渴地閱讀自然科學方面的書籍。羅瑪斯這樣指點我：「這本，馬克西莫維奇，是應當最先深入瞭解的一本。這本書裡有著人類最傑出的智慧結晶。」

每週裡有三個晚上，伊佐特會到我們這裡，由我教他識字。最初他並不信任我，總是不以爲然地冷笑。但在上過幾次課之後，他很感激地說：「你講的眞好！小夥子，你絕對可以當一名教師了……」

可他突然又冒出了一個建議：「你好像還挺有力氣的，要不，咱倆拿根棍子比一比，看誰更有勁！」

我們從廚房拿來根棍子，坐在地板上，腳頂著腳，試著把對方從地板上拉起來，羅瑪斯看到後笑了，也給我倆鼓勁：「嘿喲——加油！」

最後伊佐特把我拉起來了，在這之後我倆似乎更要好了。

「沒關係，你挺壯實的！」他安慰我說，「可惜你不愛釣魚，要不你可以和我一起去伏爾加河。伏爾加河的夜景就是美妙的天堂！」

他學習非常刻苦，很快就讓人刮目相看了，連他自己都對此頗爲吃驚。有時在課堂上，他會突然站起來，從書架上抽下來一本書，挑著眉毛費勁地讀出兩三行，然後滿臉通紅地看著我，吃驚地說：「老天開眼啊！我會念書了！」

他又閉上眼重複說：

「就像一位慈母在兒子的墳前灑淚，

一隻山雞在寂寥的荒野上哀鳴……①（①涅克拉索夫的長詩《薩沙》中的詩句）」

有幾次他曾小心翼翼地低聲問我：「小兄弟，你能不能給我講講，這是怎麼回事呢？人們一看到這些小黑道道，它們就自動組合成了單詞。不僅如此，我還能認出它們，它們都是我們身邊活蹦亂跳的單詞！我是怎麼知道這些的呢？誰也沒在我耳邊提醒什麼。如果它們僅僅是一幅幅畫，那當然一目了然。可這些單詞卻偏偏勾畫出了思想，這是怎麼回事？」

「你看到了吧？」

我能回答他什麼呢？我的那句「不知道」，反而讓他更加深陷苦惱。

「魔法！」他說著，深吸一口氣，在燈光下仔細端詳著書上的頁面。

他身上有一種可愛又感人的本眞，簡直是水晶心肝、一團孩子氣。他總是讓我想起那些書中描寫的可愛農民。就像所有的漁夫那樣，他也是個天生的詩人，熱愛伏爾加河，欣賞靜謐的夜晚，喜歡獨處，嚮往清靜的生活。

他望著星空問我：「霍霍爾說，那些星星上也許有著和我們一樣的居民，你覺得這是眞的嗎？能不能給他們發個信號，問問他們過的怎麼樣？也許，要比我們更好、更快活一些吧……」

實際上，他對自己的生活是很滿意的。他是個孤兒，沒有自己的田地，並不麻煩任何人，只是靠打魚為生，他很喜歡這個與世無爭的營生。但他對農民並沒有好感，還不時提醒我說：「你別看他們跟你很親熱，其實都是最滑頭的一幫傢伙，最會裝模作樣了，你可別輕信他們！他們今天和你這樣好，到明天就是另外一回事了。他們每個人都只關心自己眼前那些事，卻把公共事業當成是苦役。」

這個平時很和善的人，一談起「吸血鬼」就咬牙切齒：「他們憑什麼比別人更富有？因為更滑頭。你這個小窮鬼，如果聰明的話就好好記住，農民們應該抱團、友好地生活在一起，那時才會眾人拾柴火焰高！可那群有錢人卻把村子弄的四分五裂，就像把木頭劈成了火柴棍，真是胡鬧！他們真是一夥強盜、一群心狠手辣的人。霍霍爾已經被他們折騰的筋疲力盡了……」

他是個英俊帥氣又活力四射的人，很有女人緣，可那群女人們也把他整的很心煩。

「當然了，我是被那些女人們寵壞了。」他誠心誠意地懺悔說，「這對她們的丈夫來說是一種羞辱，換做我也會很惱火的。但是你又不得不疼惜那些女人們。她們就像是你的另一個心靈。她們的生活裡既沒有節日，也沒有愛撫，成天像馬一樣勞作，除此之外就什麼也沒有了。她們的丈夫沒時間疼愛她們，只有我是個自由自在的人。很多女人在結婚後的第一個年頭裡，就開始吃丈夫的拳腳。沒錯，我跟她們玩玩鬧鬧，這純屬作孽。但我只求一件事，你們女人們之間別再互相慪氣，我會讓你們大夥都心滿意足的！你們別再互相爭風吃醋，你們對我來說都是一樣的，所有的人都是我的心尖兒……」

他鬍子一揚，很窘地笑了一下說：「我甚至還跟一位闊太太有過一腿呢。她從城裡來鄉間別墅玩。眞是個標緻的美人，皮膚白嫩的像牛奶一樣，有著一頭亞麻般的秀髮。那雙淡藍色的眼睛溫柔可人極了。我把魚賣給她時，忍不住多瞅了她幾眼。『你要幹嘛？』她問。『您心裡清楚。』我說。『那好，晚上我去找你，你等著吧！』然後，就成了！她來了。只是她受不了那群蚊子，簡直快被蚊子咬死了。結果我們倆空歡喜一場。『不行不行，咬死了！』她都快哭出聲了。一晚上過後，她的丈夫來了，是個什麼審判官。喏，那些闊太太們無非就是這樣。」他半是失落、半是責備地總結了一句，「連蚊子也能讓她們的日子不得安寧……」

伊佐特對庫庫什金讚不絕口：「看看這個莊稼漢，心腸多好啊！簡直沒有理由不喜歡他嘛！當然啦，他是有點多嘴，可所有的馬都免不了有幾根雜毛呀。」

庫庫什金沒有土地，娶了一個酗酒的女傭人當老婆。那女人個子不高，但是既滑頭又兇悍，一肚子壞水。庫庫什金把木屋租給了一個鐵匠，自己住在澡堂裡，給潘科夫打工。他很喜歡打聽小道消息，當一無所獲的時候，他就自己編些各種各樣的段子。那些段子換湯不換藥，沒什麼新意。

「米哈伊爾・安東諾夫，你聽說沒有？京科夫區的一個員警辭職去了修道院！他說：『受夠了！再也不想充當折磨農民的打手了！』」

羅瑪斯認真地說：「照你那麼說，那群官老爺們早都跑光了。」

庫庫什金從亂蓬蓬的卷毛頭髮裡，依次揪出麥秸稈、乾草葉和雞毛，澄清說：「並不是所有的人，只有那些還剩點良心的人才會跑呢。當然了，那頂烏紗帽讓他們不堪重負嘛。安東內奇，依我看，你總是不相信良心。要知道，人活一世，沒了良心，光靠那點聰明是行不通的！喏，眼下就有這麼檔子事……」

於是，他又講起了一個「絕頂聰明」的女地主的故事：「那可真是個女魔頭啊，就連省長大人都會放低身價到她那裡賞光呢。省長大人說：『太太，您可要當心那些關於您的流言蜚語啊。據說，您那些不光彩的事，都已經傳到聖彼得堡啦！』她當然用甜酒招待了省長，還親口說：『上帝保佑，您快打道回府吧！我才不會拗著自己的脾氣呢！』又過了三年零一個月，她突然把所有農民召集到一起說：『來，我把所有的土地都賞給你們，就此告別吧！請原諒我！我要……』」

「去修道院。」羅瑪斯替他說。

庫庫什金聚精會神地盯著他，證實道：「沒錯！她去當修道院院長了！那麼，你也聽到過她的事？」

「從沒聽過。」

「那——你是從哪兒知道的呢？」

「我瞭解你唄。」

幻想家輕輕搖著頭，嘴裡一陣嘟嘟囔囔：「反正你就是不肯相信別人……」

他的故事無非就是這種套路——那些惡貫滿盈的壞人們厭倦了繼續作惡，於是「悄無聲息地消失了」，但庫庫什金更喜歡把他們統統送到修道院，就像把垃圾集中運到垃圾站一樣。

有時他還會突如其來地蹦出一連串的古怪想法。他皺著眉頭宣稱：「我們真是不該戰勝韃靼人——他們可比我們優秀多了！」

但是這個關於韃靼人的話題誰也沒有搭腔。大家這會兒都在談論果農合作組織的事。

羅瑪斯談起了西伯利亞以及西伯利亞富農的事。但庫庫什金突然若有所思地喃喃自語道：「如果兩三年裡都不去捕鯡魚，那它們就會多的不得了。到那時海水就會溢上岸邊、湧向人群。那種魚的繁殖能力可真嚇人哪！」

村裡人都覺得庫庫什金是個夸夸其談的人，他那些故事和稀奇古怪的想法，總是吊足了莊稼漢們的胃口，又隨即招來他們的咒罵或嘲笑。但大家還總是津津有味、全神貫注地聽著他講，好像要在那堆瞎編亂造的故事裡等著迎接真理。

「他的牛皮都吹上天了。」那些正派人背地裡都這樣說他。只有穿戴考究的潘科夫一本正經地說：「斯捷潘是個你看不透的人。」

庫庫什金是個工作的好手，他會修木桶、砌爐子、養蜜蜂、教女人們逮鳥，還有一手好木匠手藝。雖然他工作總是慢條斯理、不大情願，但真是樣樣都拿的出手。他喜歡貓，在廚房裡養了十來隻大大小小、肚皮溜圓的小傢伙，餵它們吃烏鴉，訓練它們吃雞，這可讓庫庫什金在村裡的日子更不好過了——他的貓總是咬死人家的小雞和母雞。女人們想方設法要捉住斯捷潘的貓，恨不得把那群貓抽筋扒皮。在庫庫什金的廚房裡，經常可以聽到那些女主人們淒厲而憤怒的尖叫，不過庫庫什金照樣我行我素。

「一群蠢婆娘，貓就是抓活物的小野獸，比狗還會捕獵呢。我要教會它們逮鳥，讓它們生出幾百隻小貓，然後把它們統統賣掉，再把賺得的錢統統給你們，這不就扯平了嗎！一群傻女人！」

他曾經識字的，但後來忘記了，也不願意再重新撿起來。他天生就是個機靈人，總能比別人搶先一步領會羅瑪斯講話的要點。

「那麼，那麼，」他像小孩子吞苦藥一樣皺著眉頭，「就是說，那個伊凡雷帝並沒有損害那群草民的利益啊……」

庫庫什金、伊佐特和潘科夫晚上會來到我們這裡，有時一直坐到半夜，聽羅瑪斯講關於世界的新動態、外國人的生活、各國人民的革命運動。潘科夫最喜歡聽法國革命。

「這才是生活的轉捩點。」他讚歎不已地說。

潘科夫在兩年前和他父親分了家。他父親是一個富農，得了甲狀腺肥大症，眼睛鼓的像一對銅鈴。他憑著「自由戀愛」迎娶了伊佐特的侄女，把自己的老婆管的很嚴，卻讓她穿城裡人穿的那種連衣裙。他父親從他的新木屋前走過時，總不忘惡狠狠地吐口唾沫，毒辣地詛咒著兒子的叛逆。潘科夫把房子租給羅瑪斯，並在旁邊建了一個小雜貨鋪，成心和村裡的富農們作對。富農們對此懷恨在心。潘科夫對這倒是不痛不癢，壓根沒有把富人們放在眼裡，時不時拿他們來粗魯地取笑一番。農村生活也使他倍感壓抑：「我但凡有點手藝，早就搬城裡住了……」

潘科夫身姿挺秀、儀表堂堂，總是彬彬有禮，自尊心很強。他也是個謹慎多疑、處處都留心眼的人。

「你忙著這些事，到底是出於感情，還是爲了賺錢呢？」他問羅瑪斯。

「那，你怎麼想呢？」

「不——你來講。」

「依你看，哪種更好些呢？」

「不知道！那依你看呢？」

在霍霍爾的一再堅持下，最終還是農夫講出了自己的想法。

「當然了，出於精明是最好的！不過如果賺不到錢，那也稱不上精明。哪裡能賺錢，哪裡的事業才會細水長流。我們的心靈可不是什麼好軍師。如果光是聽從心靈的召喚，那我早就淪爲窮光蛋了！我眞想去一把火燒了神父的房子，省得他總是對別人指指點點、多嘴多舌！」

神父是個心術不正的小老頭，賊眉鼠眼，總是得罪潘科夫，還在潘科夫父子的爭執中搬弄是非。

潘科夫最初待我並不友善，甚至充滿敵意，像店主一樣對我呼來喝去。不過這個階段很快就過去了，即使他心裡還對我留有些許疑慮。其實，我看潘科夫也一樣不順眼。

在那間整潔的小木屋裡度過的幾個夜晚，始終印在我腦海裡。窗戶被關的嚴嚴實實，牆角的桌子上點亮了一盞小燈，燈前蓄著濃密鬍鬚、剃了光頭、前額飽滿的羅瑪斯正在說：「活著的意義，就在於讓人脫離獸性，越徹底越好……」

三個莊稼漢全神貫注地聽著他的話，仰著聰慧的面孔，閃著靈動的眼睛。伊佐特總是一動不動端坐在那裡，好像在諦聽來自遠方的聲響，而那聲響只有他一個人才能捕捉到。庫庫什金卻抓耳撓腮、坐立不安，像是被蚊蟲咬了一樣。潘科夫撚著淺色的小鬍子，思忖著說：「也就是說，還是得把人分爲三六九等。」

潘科夫從不對自己的雇工庫庫什金吆三喝四，還認認眞眞傾聽那位空想家天馬行空的杜撰。我很喜歡他這一點。

談天結束了，我回到自己閣樓上的小房間，坐在打開的窗前。村莊早已沉沉睡去，空曠的田野籠罩在一片靜謐祥和之中。寧靜是這片田野上唯一的主宰者。夜間的霧靄中，勉強透出了點點星光。那些星星越靠近地平線，看起來就離我越遙遠。無影無形的寂靜，緊緊壓迫著我的胸口，可我的思緒卻像脫韁的馬越跑越遠。我彷佛看到了成千上萬個村落，緊鄰我們的村莊，依存在這片廣闊的大地上。時間凝固了，悄無聲息。

我似乎深陷進一團迷霧。有上千隻看不到的水蛭緊緊吸附著我的心臟，我的心中空空蕩蕩。我已昏昏沉沉、疲憊乏力，卻又感到一陣陣惶恐不安。在這片大地上，我是如此卑微渺小、微不足道……

我面前的農村生活是慘澹乏味的。我此前曾不只一次地聽到或讀到，人們在農村裡的生活，是多麼健健康康、隨心所欲，遠遠勝過城裡的生活。但我所見到的農民們，無不在忙於苦役般無休無止的勞作。在他們中間有很多人在勞動時受過傷，身體都不太好，幾乎找不出一個人是快活的。相比之下，城裡的手藝人和工人們，做的工作雖不少，卻活的更舒心。他們也不像眼前這些愁眉苦臉的人們一樣，絮絮叨叨、沒完沒了地抱怨生活。農民們的生活在我看來並不簡單輕鬆。他們既要花費很多心血，來精心侍弄腳下的土地，又要想出很多狡猾的小花招，來應付人情世故。我並不中意這種缺乏理性的生活。顯然，村子裡的所有人都像盲人般摸索著生活，所有人都在懼怕著什麼，大家都在彼此猜忌，還不時露出一些狼的品性。

我實在想不通，他們爲什麼那麼死心眼，就是不喜歡霍霍爾、潘科夫以及所有和我們一夥的人。而我們這群人都希望活在理智清醒之中。

我越發清醒地看到了城裡的優點。那裡有著對幸福的深切渴望，對於理性的大膽求索，有著五彩斑斕的人生目標。每逢這樣的夜晚，我總是會想起兩個城裡的居民：弗·卡魯京與茲·涅別伊。

鐘錶匠，兼修各種儀器儀錶、外科器械、縫紉機、唱機等。

這個招牌掛在一家小商店的窄門上方，門旁的窗戶上落滿了灰塵。弗·卡魯京正坐在一扇窗子下面。他有些謝頂，黃色的額頭上凸出一個鼓包，眼睛上別了一枚修錶放大鏡，圓圓的臉龐，一頭厚實濃密的頭髮。他總是面含微笑，用纖細的小鑷子擺弄著鐘錶上的零件，或是把濃密花白的鬍子下的嘴巴張的圓圓的，放聲歌唱。另一扇窗子旁邊是茲·涅別伊，他皮膚黝黑，長著一個大鷹鉤鼻，有兩只像李子一樣的大眼睛，蓄著一撮尖鬍子。他乾瘦的像個魔鬼。他也在擺弄一件精細的小機器，有時還會突然用醇厚的嗓音喊：「特拉——達——達姆，達姆！」

在他身後亂七八糟地堆著一些箱子、機器、輪子、音樂盒、地球儀，擱板上擺滿各種規格的精密零件。牆上有很多掛鐘的鐘擺在蕩來蕩去。我恨不得在那裡待上一整天，只爲好好看看他們怎樣做工作。可是我的個頭太大，擋住了他們的光線，他們因此拉下臉來，揮手讓我趕緊走開。我一邊轉身走開，一邊滿心嫉妒地想：「要是能當個萬能工匠，那該多幸福啊！」

我很敬重這些人，並且相信他們掌握著所有機器和工具的奧秘，能夠修好世上任何一件東西。這是多棒的人群啊！

我不喜歡鄉村。那些莊稼漢眞是讓人費解，那些女人特別愛抱怨自己這兒疼、那兒癢的。她們總是「心慌」、「胸悶」，經常「肚子裡擰勁的疼」——她們對這個話題的熱衷程度蓋過了一切，每每坐在自家屋前或是伏爾加河岸邊，絮絮叨叨個不停。她們都是刺頭，彼此之間總是罵罵咧咧的。就爲一個十二戈比的破瓦罐，三戶人家不惜大動干戈，最後以打折一個老太太的胳膊、打破一個小夥子的腦袋匆匆收場。這樣的小打小鬧，差不多每週都要上演一輪。

小夥子公然挑逗姑娘，簡直是胡鬧一氣。他們在田地裡捉住姑娘，撩起她們的裙子，包住她們的頭，再用椴樹皮牢牢紮住。這種玩法叫「開花苞」。光著下身的姑娘尖叫著、咒罵著，但好像對這種玩法很受用，總是不慌不忙、慢吞吞地解開裙子。在教堂裡徹夜禱告的時候，小夥子擰著姑娘的屁股，他們就是衝著這個才來教堂的。禮拜日時，神父在講道臺上說：「畜生！你們難道不能去別的地方鬼混胡鬧嗎？」

「烏克蘭的人對待宗教更富創見，」羅瑪斯說，「可在這裡，在對上帝的信仰中，我只看到了針對恐懼和貪婪最粗鄙不堪的規定。如您所知，對上帝的虔誠的愛會激起美與力量。可在這裡是沒有的。依我說，這樣倒是也有好處——擺脫宗教的束縛反而變得更容易了——宗教是最具毀滅力量的偏見！」

那些小夥子吹起牛來總是一套一套的，可實際上全是一群膽小鬼。他們接連三次都想趁著夜色在街上打我，可是都失算了。只有一次我的腿上挨了一棍子。當然，這種小衝突我是不會跟羅瑪斯講的。但在發現我走路有點跛以後，他自己猜到了端倪。

「哎呀，怎麼，您到底還是收到了他們的禮物？我早先就提醒過您的！」

雖然他並不建議我走夜路，但我偶爾還是會穿過菜園去伏爾加河岸邊，坐在柳樹下，透過澄澈的夜幕，眺望下游對岸的草地。伏爾加河莊嚴而緩慢地流向遠方。太陽已經躲起來了，一輪孤月將反射出的日光灑向河面，水面上泛起了金色的粼粼波光。我不喜歡月亮，在那上面似乎有著什麼不祥的徵兆。它勾起了我的惆悵。我像對著月亮哀鳴的小狗一樣，忍不住想放聲大哭。在我得知月亮本身並不發光，月亮上空空蕩蕩、沒有也不可能有生命之後，我簡直開心極了。

此前我一直幻想月亮上住著小銅人，身體是由三角鐵組成，像圓規似的一步步移動著身軀，發出大齋戒日教堂鐘聲一樣震耳欲聾的聲響。在我的幻想中，月亮上無論是植物還是動物，全都是用黃銅打造的。它們持續不斷地衝著大地低聲怒吼，虎視眈眈、圖謀不軌。月亮上空無一物雖然很讓人竊喜，但我依然希望能有一顆巨大的流星，猛然墜落到月亮上，讓月亮在那撞擊中噴出耀眼的火焰，用它自身的光芒照亮大地。

伏爾加河上蕩漾著錦緞般柔滑閃亮的波濤。那河水似乎是從黑暗中湧來，又消失於陡峭岸邊的陰影之中。看到眼前這一切，我感到自己又重新振作起來，思維也敏捷了許多。我頭腦中輕輕鬆鬆冒出一些另類的想法，它們難以用語言描摹，也與我在白天的所見所想迥然不同。巨流像被某種力量所主宰，悄無聲息地靜靜流淌。

輪船沿著黑漆漆的河道快速前行，彷彿是拖著烈火尾翼的巨大怪鳥。輪船身後的潺潺水聲，好似怪鳥在扇動著沉重的翅膀。對面河甸上閃爍的燈火映照在水面上，變成一道道紅光，那是漁夫在捕魚。那紅光像是一顆孤星，從天空中墜落到伏爾加河裡，在水面上化作一束火焰花朵。

我所讀過的文字，如今都幻化成了五光十色的想像，並且不知疲倦地，爲我描繪著無與倫比的美景，讓我在溫柔的夜色中，順著伏爾加河畔徜徉。

伊佐特找到了我，夜幕中他顯得更高大、更可親了。

「你又在這裡？」他一邊問、一邊坐到了我的身旁，聚精會神地望著伏爾加河與頭上的天空，沉默不語，還時不時撫一下蠶絲般細緻的金色鬍子。

他許下了一個心願：「等我學成之後，我就要走遍一切江河，把一切世事都看個明明白白！我要去教育別人！是的。小兄弟，和人談談心，多好啊！對於女人也是這樣的。你一旦和一些女人談談心，她們也會理解你的。不久前有個女人坐了我的船，她問：『我們死後會到哪裡去呢？要知道，我既不信地獄，也不信天國。』你是怎麼想的呢？小兄弟，她們也……」

他一時沒有找到合適的詞語，沉默了一陣，最後補充說：「有著滾燙的心……」

伊佐特是個夜貓子。他很善於感受美，善於用平和的口吻，繪聲繪色地描繪美，這套本事，簡直可以和任何一個沉浸於幻想世界的孩子媲美。他信仰上帝，但並不因此而誠惶誠恐。不過，他是照著教會那一套，把上帝想成是一個身材高大、溫文爾雅的老者，慈眉善目、睿智聖明的萬物之主。上帝之所以沒有懲處世間的罪惡，不過是因為「實在忙不過來啦，世上的人太多了。不過，沒什麼大不了，他會一一處理的，你等著瞧吧！至於耶穌基督，我怎麼都搞不明白。他對我來說可什麼都不是。只要有上帝，那就足夠了。可是這邊呢，又冒出一個。人們說他是上帝之子。可兒子又算什麼呢？我還在想，上帝他老人家是不會死的吧……」

但伊佐特通常都是默不作聲地坐在那裡想著什麼事情，有時還會歎一口氣說：「是的，就是那麼回事……」

「什麼？」

「我自言自語呢……」

他之後望著朦朦朧朧的遠方，又長歎一口氣。

「這生活——多好啊！」

我贊同地說：「是的，多好啊！」

黑天鵝絨緞帶般的伏爾加河，雄渾壯闊地奔流而去。一道彎彎的銀河橫跨河水上空，天邊有幾顆耀眼的星星，像金色雲雀般光彩奪目。此刻，心靈也在吟唱著率性而為的曲子，詮釋生活的奧秘。

在距離草地很遠的地方，緋紅的朝霞間透出了縷縷陽光。初升的太陽像孔雀開屏般光芒四射，躍到了天上。

「太陽——多美啊！」伊佐特露出幸福的笑臉，喃喃自語著。

蘋果樹開花了。整個村子都籠罩在粉粉嫩嫩的花團錦簇中。那種略帶苦澀的芬芳，飄至村裡每個角落，掩蓋住了油煙和馬糞的味道。成百上千棵開花的果樹，披上了粉色花瓣織就的節日盛裝，那整齊的隊伍，從村裡一直延伸到田野。每逢月明星稀的夜晚，在陣陣微風中，似乎能聽到花枝搖曳發出的簌簌聲。閃著金光的藍色巨浪，彷彿即將把村莊淹沒。不知疲倦的夜鶯在放聲歌唱。白天時好鬥的椋鳥聒噪個不停。藏在雲端裡的雲雀，為大地唱出陣陣溫柔婉轉的歌聲。

在節日的夜晚裡，姑娘和年輕的少婦在街上邊散步，邊用小鳥般的巧嘴唱歌，露出懶洋洋的醉人微笑。伊佐特也微笑著，像個心滿意足的醉漢。他變瘦了，眼窩深陷，顯得更加眉目俊朗、英挺帥氣，也變得更加虔誠了。他一整天都在睡覺，只有快到傍晚的時候才走到街上，一副憂心忡忡的樣子。庫庫什金親熱地跟他開著放肆的玩笑，可他只是靦腆地笑著說：「別提了。有什麼辦法呢？」

接著他又讚歎地說：「哦，生活多麼甜蜜！生活有多甜蜜，心中就有多甜美！有些話你到死都不會忘記，一旦重返人世，頭一遭想起的也註定是它！」

「當心！那群女人的丈夫要來揍你了！」羅瑪斯善意地笑著提醒他。

「沒錯，是該打。」伊佐特點頭。

幾乎每個晚上，米貢那高亢悠揚的動人歌聲，都會伴著夜鶯的啼叫，在花園中、田野裡或伏爾加河岸邊響起。那歌聲美的讓人驚歎，很多人甚至爲此而原諒了他的所作所爲。

每逢星期六的晚上，我們的店鋪裡都會聚滿了人——老頭蘇斯洛夫、巴里諾夫、鐵匠克魯托夫和米貢都是常客。人們圍坐著談天說地。這一撥人前腳剛走，下一撥人又立刻圍了過來，就這樣熱熱鬧鬧持續到深夜。有時酒鬼們會在這裡打架，尤其是退役士兵科斯京。他只有一隻眼睛，左手失去了兩根手指。他挽著袖子，揮舞著拳頭，邁著鬥雞般的步子蹦躂到店鋪跟前，扯著沙啞的嗓子衝羅瑪斯吼：「霍霍爾，你這個罪孽民族裡的傢伙！居然信土耳其的教派！你說，你爲什麼不去教堂？你這個異教徒！挑撥事端的搗蛋鬼！你說，你到底是不是？」

人們取笑他：「米什卡①（①這是科斯京的名字米哈伊爾的昵稱），你幹嘛開槍把自己的手指打掉啊？是不是被土耳其士兵嚇傻了？」

他撲過來要打架，可人們大笑著抱住他，在一陣尖叫聲中把他推到了山溝裡。他順著山坡嘰裡咕嚕滾了下去，扯著脖子喊：「救命啊！殺人啦！」

隨後他灰頭土臉地爬了上來，衝霍霍爾要一什卡利克②（②舊俄量酒單位，一什卡利克≈〇．〇六升）的伏特加。

「憑什麼呢？」

「憑我逗你開心了啊。」科斯京答道。身邊的人群中爆發出一陣哈哈大笑。

06

在節日裡的一天早上，廚娘把爐子裡的木柴點著後就去院子裡了。我正在店鋪裡，廚房裡突然發出一聲悶響，震的店鋪都猛然搖晃了一下，鐵皮糖罐從貨架上紛紛滾落，窗戶玻璃稀裡嘩啦碎了一地。我衝進廚房，看到那裡正冒出滾滾黑煙，黑煙中有什麼東西正在劈劈啪啪作響。羅瑪斯一把抓住我的肩膀說：「先別進去……」

廚娘正站在樹蔭下號啕大哭。

「唉！這個笨婆娘……」

羅瑪斯趕緊衝進濃煙裡，咣當一聲不知撞倒了什麼。他狠狠罵了幾句，大聲喊：「號夠了沒！快，水！」

廚房地板上的劈柴正冒著黑煙，小截的柴火棍還在燃燒，地上散落著幾塊磚頭，黑色的爐膛裡已經空無一物，就像被誰掏空了一樣。我在濃煙裡摸索到水桶，把地板上的火焰澆滅，並把剩餘的劈柴重新扔回爐膛。

「小心點！」羅瑪斯一邊說，一邊拉著廚娘，把她推進房間，吩咐她說，「阿克西尼婭，快去鎖好店鋪！馬克西莫維奇，小心點，可能還會再次爆炸……」他蹲了下來，開始檢查那些被當作劈柴的圓松木，緊接著就把我扔進爐膛的那些木頭都抽了出來。

「您在做什麼？」

「瞧，您看！」

他拉出一根被動過手腳的圓木段，我看到它被手搖鑽鑽出了一個圓孔，並且帶著奇怪的焦黑痕跡。

「您明白了吧？那群鬼東西，往劈柴裡面塞了火藥。這幫傻瓜！哼，一俄磅的火藥又能發揮多大能耐！」

他把柴火放到一旁，邊洗手邊跟我說：「幸好阿克西尼婭不在，要不會把她弄傷的……」刺鼻的煙霧已經散盡，隔板上的餐具無一倖免，窗框上的玻璃統統被震掉，爐灶裡的磚頭也被炸飛了。

此時此刻，我一點都不喜歡霍霍爾的那種鎮定自若。那個愚蠢的把戲，在他看來好像根本不值一提，絲毫沒被他放在眼裡。街上跑過一群小男孩，他們唯恐天下不亂地叫喊：「霍霍爾家著火啦！咱們村著火啦！」

一個女人聽罷立即號啕大哭。從店鋪裡又傳出廚娘阿克西尼婭驚慌失措的喊聲：「米哈伊爾·安東內奇！人們都擠到店鋪裡來啦！」

「知道知道，別再喊啦！」他答道，用毛巾擦拭著弄濕了的鬍鬚。

一張張被恐懼和憤怒扭曲的臉，正透過敞開的窗戶，向屋裡探頭探腦地張望。一股刺鼻的煙霧，撲到他們汗毛叢生的臉上，熏的他們睜不開眼。有人憤怒不已地厲聲尖叫：「把他們從村子裡趕出去！他們攪得大家不得安寧！對不對，夥計們？」

一個棕頭髮的小個子農民在胸前畫著十字，微微顫著嘴唇，試圖湊到窗口看熱鬧，可沒辦到。他的右手握著斧頭，左手顫巍巍地扒著窗框，結果撲通一聲跌下去了。

羅瑪斯手握劈柴，問他：「你往哪兒溜？」

「去滅火啊，老兄……」

「哪兒都沒著火……」

那個農民吃驚地張大了嘴巴，溜走了。羅瑪斯從店鋪的門廊裡走出來，指著劈柴對人群說：「你們中間有人在這根原木上動了手腳、塞了火藥，又把它整進我們的院子裡。不過那火藥塞的太少啦，我們一丁點損失都沒有……」

我站在羅瑪斯身後望著人群，聽到那個手握斧子的農民怯生生地說：「他幹嘛非要在我眼前晃那根劈柴啊……」

退役士兵科斯京醉醺醺地喊：「把那個暴徒趕走！將他繩之以法……」

但人群中大多數人都沉默著，死死地盯著羅瑪斯，將信將疑地聽著他講話：「要想把房子炸毀，至少要足夠一普特的炸藥！行了，散夥吧！」

有人問：「村長在哪兒？」、「得叫員警來！」

大家都不大情願、不慌不忙地散開了。看來他們都不夠盡興。

我們幾個坐下來喝茶，阿克西尼婭一邊斟茶，一邊頗為同情地看著羅瑪斯。她用不常見的殷勤口吻說：「您幹嘛不責怪他們呢？這次純屬他們在搗鬼。」

「您對這個難道不生氣嗎？」我問。

「我沒有工夫去為每一樁蠢事生氣。」

我想，要是每個人都能這樣心平氣和地安於自己的事，那該多好！

羅瑪斯已經蹦到了下一個話題，他說他很快要去一趟喀山，還問我需要帶些什麼書。

有時我覺得這個人的心靈，就像是一塊用特殊技術製成的鐘錶，已經上好了足夠一輩子運轉的發條。我很喜歡霍霍爾，非常敬重他，但我很希望他能對我或是誰發一次脾氣，氣的吼一嗓子或是跺跺腳。但他壓根不會、也不想生氣。每當他遭遇一些愚蠢透頂或是卑鄙惡劣的事時，他只是面帶嘲笑地眯一下灰色的眼睛，鎮定自若而又毫無抱怨地說幾句簡短普通的話。

有一回，他就這樣問蘇斯洛夫：「像您這樣的上年紀的人，為什麼還要昧著良心呢？」

老頭的臉立刻從上到下變得通紅，一直紅到了白鬍子根。

「要知道，這對您一點好處也沒有，反而讓您失了身份。」

蘇斯洛夫低下頭，贊同地說：「是啊！沒一丁點好處！」

蘇斯洛夫隨後對伊佐特說：「他才是心靈的引路人！要是能推舉這樣的人當長官就好了……」

羅瑪斯簡單明瞭地指點我，他不在的時候我該怎麼辦。在我看來，那次原想嚇他一跳的爆炸事件，已經像個蚊子包一樣被他徹底忘掉了。

潘科夫來了，他查看過爐子之後有點鬱悶地問：「沒被嚇到吧？」

「嘿，哪至於啊！」

「這是戰爭！」

「坐下喝杯茶吧。」

「媳婦正等我呢。」

「你打哪兒來？」

「漁場。和伊佐特一起。」

他經過廚房離開時，又心事重重地說了一次：「這是戰爭。」

他跟羅瑪斯說話總是很簡短，好似已經把最主要和複雜的內容提前說過了一樣。我記得有一回，在霍霍爾講完伊凡雷帝的故事後，伊佐特說：「眞是個乏味透頂的沙皇！」

「屠夫！」庫庫什金補充說。潘科夫隨後亮明了自己旗幟鮮明的立場：「他壓根沒有什麼過人的才智。在他陸續殺死那些王公之後，又冒出很多小貴族塡補了空缺的位置，此外還有一群外國人也跟過來湊熱鬧。使這一招簡直是沒有腦子。那些小地主們比大地主更糟糕。蒼蠅不是狼，用槍是打不跑的。可它比狼更招人憎惡。」

庫庫什金拎著一桶和好的泥來了。他把爐子的磚頭重新砌好後說：「都是那群狗東西搗的鬼！他們連自己身上的蝨子都弄不死，卻妄想害死別人！你，安東內奇，不要一下子進太多貨，最好是多分幾次，每次少進一點。你看，要不他們又要放火燒你了！眼下你又忙著鼓搗那件事，可要當心飛來橫禍啊！」

「那件事」，指的是組建果農生產合作社，村裡的富農們對此非常不滿。霍霍爾在潘科夫、蘇斯洛夫和另外兩三個農民的幫助下，馬上就會組建好這個合作社。大部分小業主們開始對霍霍爾抱有好感，小雜貨鋪的顧客逐漸多了起來，甚至那些無所事事的農民——巴里諾夫、米貢也開始竭盡所能地幫助霍霍爾的事業。

我很喜歡米貢，我尤其愛聽他那些美妙而憂傷的歌曲。當他唱歌時，他總是陶醉地閉上眼睛，那張飽經滄桑的面孔，也不再因爲痙攣而扭曲了。那些烏雲密佈或是沒有月亮的黑夜，就是他大放異彩的時候。快到傍晚時，他會小聲對我說：「去伏爾加河邊上吧。」

他坐在自己的小船船頭，把他那雙黢黑的羅圈腿伸進黑乎乎的河水裡，一邊修理被禁用的捕鱘魚用的刺網，一邊壓低嗓門和我說：「地主老爺們都挖苦取笑我，好吧，我忍了。那群狗東西，好歹算是個人物，知道一些我不懂的事情。可，我自己的弟兄，那些農民，也來擠對我、欺負我，我怎能接受呢？我們之間有啥不一樣？他拿自己當一枚盧布，而我只能是戈比，就這麼點區別罷了！」

米貢的臉又開始病態地抽搐起來，眉毛一跳一跳的。他用顫抖的手指檢查著漁網，拿小鋼銼把刺鉤銼尖，發自肺腑地小聲說：「他們覺得我是個魔鬼，沒錯——我是犯過罪！要知道，每個人都靠勒索活著，恨不得你吃了我、我吃了你。上帝並不疼愛我們，而魔鬼卻在放任我們胡作非爲！」

黑色的河水從我們身旁靜靜流淌，朵朵烏雲在河面上方飄動。四周漆黑一片，看不到草甸。波濤輕輕沖刷著岸邊的沙灘，沖洗著我們的腳，彷彿要把我們領入那漂移不定的無邊黑暗中去。

「難道我們不該好好活下去嗎？」米貢歎著氣說。

山頂上一隻狗在淒涼地叫著。我恍恍惚惚地想：「可是，何必要像你那樣活著呢？」

河面上寂靜無聲、漆黑一片，讓人心裡直發毛。溫熱的黑暗彷彿無邊無際。

「他們要打死霍霍爾。照這麼看，他們也會把你打死。」米貢嘟嘟囔囔地說。接著，他突然小聲唱起了歌：

「媽媽曾經很愛我，
她曾說：『哎呀，小雅莎，我的小寶貝，
你要平平靜靜地活下去……』」

他閉上雙眼，歌聲變得更加感傷和淒婉，解刺網繩索的手指動作更加緩慢了。

「我沒聽從親人的話，
唉，我沒聽從媽媽的話……」

我心中突然湧出一種奇異的感覺，大地正被捲入無盡的黑暗，在猛烈的浪潮中被沖的翻捲了過來。我從大地上滑向黑暗中的一個角落，那正是每天太陽落山的地方。

米貢的歌聲在不經意間停了下來，就像開始時那樣。他默默地把獨木船推下水面，坐到上面，悄無聲息地消失在夜色中。我望著他的背影在想，這些人，是爲什麼而活著呢？

我的朋友中還包括巴里諾夫。他是個從不按照牌理出牌的人，張嘴就吹牛，喜歡搬弄是非，還是條懶蟲、不安分的流浪漢。他曾在莫斯科生活過，提起這個城市就吐唾沫：「地獄般的城市！亂七八糟的。教堂足有一萬四千零六座，可城裡的人卻全都是騙子！都像是癩皮馬！這可是千眞萬確的！商人、士兵、小市民，都是一邊走路一邊抓癢。那裡有一尊『大炮王』①（①由俄國工匠安德烈．喬赫夫於一五八六年設計建造，重達四十噸，炮身長五．三四米，炮口直徑九百二十毫米，堪稱當時直徑最大的大炮。現被放置於克里姆林宮內。由於炮身體積過於龐大，從未使用過），是個大傢夥！彼得一世親手鑄造，專門用於鎮壓暴亂分子的。有一個貴族女人爲了捍衛愛情，專門發動了一場反對他的暴動。彼得一世曾和她在一起同居，花前月下，整整七年。之後沙皇拋棄了這個女人和她的三個孩子。

「她對此憤怒不已，於是發起了暴動！我的小兄弟，沙皇就用這尊大炮對準了暴動的人群。大炮轟然響起，九千三百零八個人立即應聲倒下！甚至連彼得大帝本人都驚愕不已。他親口對菲拉列特②（②菲拉列特（一七八二—一八六七），俄國東正教神父、哲學家，曾任莫斯科宗主教，其思想影響俄國神學。著有《正統公教東方希臘—俄羅斯教會之基督徒教理書》）大主教說：『不，必須把這個大傢夥拉走、封好，免得別人再用它造孽！』於是那尊大炮王的炮口就被堵住了……」

我對他說，這壓根是一派胡言。他對此很惱火：「我的上帝啊，瞧瞧你這個小兄弟！你咋這麼可惡！這故事可是一個學者原原本本講給我聽的，你居然……」

他在動身去基輔「朝拜聖徒」前，跟我們解釋說：「那座城市就像我們村子一樣，也建在山上，旁邊還有一條河，我忘記叫什麼了。跟伏爾加河正相反，是條小河！說實話，那城市裡亂糟糟的。所有街道都彎彎曲曲的，一直延伸到山上。城裡都是烏克蘭人，不是米哈伊爾．安東諾夫的那種血統，而是一半波蘭血統，一半韃靼血統。他們只會東拉西扯，不會一本正經地說話。所有的人都蓬頭垢面。他們吃蛤蟆，那裡的蛤蟆足有十俄磅重。他們騎在牛背上出門，還用牛來犁地。那裡的牛別提多重了，最瘦小的牛都足有八十三普特重呢。那裡有五萬七千兩百七十三位主教……嘿！怪人！你哪能跟我爭論呢？我可都是自己親眼看到的，而你到過那裡嗎？沒去過？那還爭什麼啊。小兄弟，我是眞心喜歡那一切的……」

他喜歡鼓搗數字，教會了我加法和乘法，但他到現在還不會除法。他興致勃勃地算著多位乘法，毫不在意出現的錯誤，在沙土上一口氣寫下一串長長的數字符號，呆呆地盯著它們，睜大孩子般的眼睛，激動地說：「這麼一大串數字，任憑誰也念不出來！」

他有點不修邊幅，總是穿得邋裡邋遢、破破爛爛的。但他的面孔卻很英俊，蓄著一把大鬍子，鬍子末梢喜氣洋洋地打著卷。那雙天藍色的眼睛，總帶著孩子般的微笑。他和庫庫什金有些共同之處，也許，正是因爲這個，他們總是互相躲著對方。

巴里諾夫曾兩次去里海釣魚，並信口開河地說：「小兄弟，大海是非常與眾不同的。你在它面前渺小的好像一隻蚊子！當你望著它的時候，就全然感覺不到自己的存在啦！海邊的生活甜蜜極了。人們都不分彼此，親如一家，甚至連一位修道院長也跑過去了。他人不錯，還會工作！還有一位廚娘也跑過去了。她原本是一位檢察官的情人。哎呀，都能過上那樣的神仙日子，還有什麼不順心的呢？不過，她到底還是沒忍住，冒出一句：『檢察官大人，你是很疼我，不過，咱倆還是再見吧！』這不過是因爲，無論是誰，只要見過一次大海，從此就對它牽腸掛肚、魂牽夢繞。大海一望無際，就像在天空中一樣，自由自在，無拘無束！我也要永遠去那裡待著啦。我不喜歡人群，就這個原因！我要像個隱士一樣，在荒無人煙的地方生活。我只是不知道哪裡才有這樣一塊淨土……」

他整日像隻流浪狗一樣在村裡東遊西逛。大家都很瞧不起他，但又都喜歡津津有味地聽他講故事，就像聽米貢唱歌一樣。

「編得眞像那麼回事！太好玩了！」

他的那一套想入非非，有時會把一些正派人都弄的暈頭轉向。比如潘科夫這個疑心重重的人，有一次就對霍霍爾說：「巴里諾夫信誓旦旦地說，有關伊凡雷帝的事，那些書裡寫的都不完整，還有很多眞相被雪藏了。伊凡雷帝就像是一個傳說中變化多端的人，搖身一變就成了一隻老鷹。後來人們爲了紀念他，就在錢幣上鑄上一隻老鷹。」

我無數次發現，人們都熱衷於那些譁眾取寵、胡編亂造的故事。更讓我費解的是，人們對於嚴肅闡明生活眞理的故事的熱情，在前者的比照下卻相形遜色。

但當我把這一現象講給霍霍爾時，他卻笑著說：「會有所改變的！只要人們去學習思考，他們就會接近眞理。您要理解那幾個怪人——巴里諾夫、庫庫什金。您要理解，他們是藝術家，也是幻想家。也許，耶穌本人也是這樣的怪人呢。您也應該承認，有些願景他們虛構的很不錯呢……」

這裡的人很少、也不願意談及上帝，這讓我驚訝極了。只有老頭蘇斯洛夫經常深信不疑地宣稱：「一切都是上帝的旨意！」

我總是從這些話語間品出一絲無奈的意味。我和這些人相處的好極了，並從他們深夜的談話中學到了很多東西。我覺得霍霍爾提出的每一個問題，都像參天大樹一樣，把根深深地紮進了生活的土壤裡。在大樹腳下，已是盤根錯節，那些根鬚與一棵棵古樹的根鬚緊緊纏繞在一起。每一條根鬚上方的枝枝杈杈都花繁葉茂。那花朵是五彩斑斕的思想，那葉片是擲地有聲的話語。我從甜如蜂蜜般的書籍中，汲取到了讓人興奮的營養，感受到了自己日復一日的成長。霍霍爾已經不只一次信心十足地說：「馬克西莫維奇，你做的眞不錯！」

我是多麼感激他的這句話啊！

潘科夫有時會領著自己的媳婦一起過來。那是個身材嬌小、溫婉靈秀的女人，一雙澄澈的藍眼睛，一身城裡人的時髦打扮。她靜靜地坐在角落裡，溫順地抿著嘴唇聽眾人說話。但每聽一陣她都會吃驚的張大了嘴，膽怯的眼睛睜的大大的。當她聽到一些精準的字眼時，就會把臉深埋在手心裡，羞澀地笑起來。這時潘科夫就會衝霍霍爾丟個眼神說：「她聽懂了！」

常有一些謹小愼微的人來找霍霍爾。霍霍爾會把他們領到我住的閣樓那裡，和他們一連坐上好幾個鐘頭。

廚娘阿克西尼婭會給他們送去吃喝的東西。那幾個人也在那裡睡覺。除了我和廚娘，誰都不曾看到他們。廚娘阿克西尼婭對於羅瑪斯，有著犬馬一樣的忠誠和無限的崇敬。每逢夜半時分，伊佐特和潘科夫用小船，將這些客人送到附近的過往輪船上，或是位於洛貝施克的碼頭邊。我從山頂望去，看到那一葉小舟，在泛著銀色月光的黑色河面上時隱時現，船上燃起一盞豆大的燈火，用於吸引過往船隻船長的注意。我感到自己參與了一項神秘而又偉大的事業。

瑪麗婭·捷連科夫從城裡來了。但她的眼神已不再讓我那麼難爲情了。我從她的眼神中讀到，她知曉自己的美貌。此外，一位身材高大、蓄著大鬍子的男人正在追求她，這也讓她開心極了。他和她說話時，總是像跟所有人對話時一樣平靜，並帶幾分嘲弄，只是會更爲頻繁地撫弄自己的鬍鬚，目光也變得更加溫柔。瑪麗婭纖細的嗓音，聽起來總是快活極了。她穿著天藍色的連衣裙，淺色的頭髮上繫著天藍色的絲帶。她那雙孩子般的小手總是不得閑，就像是在尋找什麼可以一把抓住的東西似的。她總在陶然自得地不停哼唱，用手絹給粉撲撲的小臉扇風。她重新讓我心緒不寧。我心裡暗暗與她作對，並總是一個人生悶氣。我盡可能避開她。

七月中旬，伊佐特失蹤了。據說他是被淹死的，這種說法兩天後被證實了。在伏爾加河下游、距離村子七俄里的河邊草地上，他的小船被撞破了船底，撞碎了船舷。人們這樣來解釋這樁不幸——伊佐特也許是在船上睡著了，他的小船被沖到村子下游五俄里處、拋錨停靠的三艘輪船那裡，然後被撞壞了。

這件事發生的時候，霍霍爾正在喀山。當晚庫庫什金來到店鋪找我，神情黯然地坐在痲袋上，一言不發地盯著自己的腳面。之後，他一邊吸煙一邊問我：「霍霍爾什麼時候回來？」

「不知道。」

他開始用手掌使勁地搓著臉龐，壓低嗓門，用難聽的字眼憤怒地低聲咒罵著。

「你怎麼啦？」

他緊咬住嘴唇看了我一眼。他的眼圈通紅，下巴微微顫抖，好像已經悲傷的說不出一個字來。我忐忑不安地等著他說出一個讓人心碎的消息。最後，他望了一眼街上，很吃力地斷斷續續說：「我和米貢一起去了那裡。我們看到了伊佐特的船。船底是被斧子鑿穿的，你明白了嗎？也就是說，伊佐杜什卡①（①這是伊佐特的昵稱）是被人害死的！毫無疑問……」

他一邊搖頭，一邊哽咽著一句接一句地詛咒。接著他又沉默下來，在胸前畫著十字。這個莊稼漢沉浸在憤怒和悲傷之中，渾身不住地顫抖。他很想放聲大哭一場，卻又不能夠，也做不到。我看到眼前這一幕，心裡湧出止不住的悲涼。最後，他搖著頭，跳起來走了出去。

第二天晚上，一群小男孩們去河邊洗澡，在距離村子上游不遠的地方，看到了一艘擱淺的破船，伊佐特就在那艘破船下面。船隻的一半架在岸邊的礁石上面，另一半浸在水裡。在船頭下方的破舵板上，鉤掛著伊佐特頎長的屍體。他面朝下漂在那裡，顱骨裡已經空空蕩蕩，水流沖走了他的腦漿。這個漁民背後遭到了狠狠一擊，被人用斧子砍去了半個後腦勺。水流還在不停地撥弄著他的身體，向岸邊晃動著他的雙腿，推攘著他的胳膊，彷彿他還在拼盡自己的力氣，費力地爬上岸邊。

二十來個富農陰沉著臉，各自心懷鬼胎地站在岸邊。窮人們還沒來的及從田間趕來。賊眉鼠眼、膽小怕事的村長，拄著拐棍跑了過來，一路吸溜著鼻子，又抬起粉襯衫的袖子擦了擦。矮墩墩的雜貨店小老闆庫茲明叉著雙腿、腆著肚子站在一旁，輪流打量著我和庫庫什金。他兇神惡煞地擰著眉頭，但他那慘白的眼珠裡竟然擠出了幾滴淚水，麻子臉上也露出一副悲戚的神情。

「哎呀，純屬胡鬧啊！」村長邊哭邊數落著，還跺著自己的羅圈腿，「哎呀，這些莊稼漢們，沒幾個安了好心眼！」

村長那個身材肥碩的年輕兒媳婦，坐在一塊石頭上面，癡癡地望著水面，用哆哆嗦嗦的手在胸前畫著十字。她的嘴唇微微顫抖，下面那片厚厚的紅嘴唇，像小狗一樣難受地耷拉著，露出了綿羊般的黃牙齒。姑娘們、小夥子們像花繡球一樣從山上飛奔下來，一身塵土的莊稼漢們也急急忙忙跑了過來。人們都在非常小心地偷偷嘀咕：「他是個惹是生非的男人。」

「怎麼講？」

「就跟那個庫庫什金一樣，不好惹……」

「無緣無故就把人弄死了……」

「伊佐特——原本很老實本分的……」

「本分？」庫庫什金怒吼著就衝進了人群，「那你們幹嘛要害死他？啊？你們這幫混蛋！」

突然一個女人歇斯底里地笑了起來，那通癲狂的笑聲像鞭子一樣，狠狠抽打著人們。莊稼漢們擠在一起號啕大哭、咒罵、怒吼。而庫庫什金一下子衝到雜貨鋪小老闆面前，照著他那張老臉掄起手掌狠狠扇了個大耳光。

「賞你的，老畜生！」

他揮著拳頭跳出人群，幸災樂禍地衝我喊：「快跑，馬上要打架了！」

轉眼間他就挨了揍，從掛了彩的嘴裡吐出一口血，但臉上閃過一絲得意……

「瞧見了吧？我剛給了庫茲明一點教訓！」

巴里諾夫朝我們跑了過來，膽怯地張望著破船旁邊密密匝匝的人群。人群裡突然響起村長尖厲的聲音：「啊呸！你給我指出來，我包庇誰了？你——指出來啊！」

「我得趕緊溜。」巴里諾夫低聲叨咕著跑上了山樑。當天傍晚，天氣燥熱沉悶的讓人透不過氣來。

磚紅色的夕陽，已在厚重的青灰色的烏雲背後落下去了，灌木叢中的葉片上，閃動著紅色的反光。不知哪裡轟然響起了雷聲。

伊佐特的屍體還在不遠處晃動著。他那被打壞的腦袋上，頭髮被水流吹得直直的，彷彿每一根頭髮都豎了起來。我耳邊響起他用醇厚嗓音說出的幾句精彩的話：「每個人都有孩子氣的本眞，我們應當珍視它，珍視這份孩子氣的本眞！比如霍霍爾，是個鐵錚錚的硬漢，但他也有一顆孩子般的心靈！」

庫庫什金在我一旁走著，憤慨地說：「他們會挨個對我們下手的……這群人，愚蠢到家了啊！」

霍霍爾在兩天後的半夜裡回來了。看的出他很開心，使得他和往常相比格外親切。當我帶他進了屋裡，他啪的一聲拍了一下我的肩膀。

「馬克西莫維奇，這兩天缺覺了吧！」

「伊佐特遇害了。」

「什——什麼？」

他臉上的肌肉緊繃著，鬍鬚顫抖著，彷彿是胸前流下的一股細流。他沒有摘下自己的寬簷帽，而是站在房間當中，眯著雙眼直搖頭。

「是這樣啊。知道是誰幹的嗎？唔，肯定是……」

他慢慢走到窗前，伸直了腿坐下。

「我提醒過他的……有當官的過來嗎？」

「昨晚有村警來過。」

「嗯，有什麼結果嗎？」他剛問完就自己回答道，「當然了，不可能有的！」

我對他說，村警先是像往常一樣，在庫茲明那裡待了一會兒，然後就下令把庫庫什金關起來。這不過是因爲庫庫什金打了雜貨鋪小老闆一記耳光。

「是這樣啊。嗯，眞是讓人無話可說！」

我轉身去廚房燒茶炊。

喝茶的時候，霍霍爾說：「這些人眞是可憐！他們經常殺掉自己身邊的好人！可以認爲，這是因爲他們懼怕那些好人。就像那句俗話——他們和好人『不投脾氣』。當年我被流放到西伯利亞的時候，一個服苦役的人告訴我，他是個盜竊犯，他們有一個五人小團夥。有一個小夥子發話說：『兄弟們，咱們別幹這營生了！盜竊沒啥好處，過不了安生日子！』於是其餘四個人就趁那個小夥子醉倒的時候，把他勒死了。苦役犯對被勒死的小夥子讚不絕口：『在那之後，我又弄死過三個人。我並不可憐他們。可直到今天我還是很惋惜那個小夥子。他是個好人，又聰明、又快活，有著一顆純潔的心靈。』我忍不住問：『你們打死他，是怕他去告密嗎？』苦役犯居然很生氣地說：『不，說實話，他絕不會因爲金錢而出賣同夥！不會因爲任何東西而出賣我們！但恰恰是因爲這一點，你很難跟他深交。我們都是惡棍，可他卻是個正人君子，這太不合拍了。』」

霍霍爾站起身，開始叼著煙斗在房間裡背著手踱步。他穿了一件一直拖到腳面的白色韃靼式長襯衫，赤著腳，腳步聲很沉重。他壓低聲音，審愼地說：「我曾多次目睹人們對於正人君子的畏懼，並把他們從生活中驅逐出去。人們對於正人君子無非是這兩種態度：要麼用一些陰謀詭計陷害他們，進而徹底把他們消滅乾淨；要麼就像狗一樣望著他們的眼睛，對他們卑躬屈膝。後一種情況並不多見。人們並沒有以那些正人君子爲榜樣學習如何生活。他們做不到，也學不會。也許，這僅僅是因爲他們不想這樣做。」

他端起已經涼了的茶對我說：「他們本可以這樣做，但卻不願意而已！試想想，人們費了好大的勁，才爲自己安頓好生活，並且已經過慣了這種日子。可突然冒出一個人，大吵大鬧地說：『你們不要再這樣過下去了！』不這樣過？我們已經把自己最好的精力，全部投入到這種生活中了。讓那傢伙見鬼去吧！於是，給了這位導師，這個正派人啪的一聲一個嘴巴子，對他說：『快別來搗亂了！』而對於那些敢於說出『不要再這樣過下去』的人，生活的眞理與他們同在。正是得益於他們不懈的推動，生活才變得越來越好。」

他向書架揮了揮手，補充道：「特別是這些書的作者們！如果我能寫出這些書該多好啊！不過，我做不成這個的。我的思想還太過笨拙，也不夠系統。」

他坐在桌旁，用手撐住額頭說：「伊佐特太讓人惋惜了……」

之後就陷入了長時間的沉默。

「唔，躺下睡覺吧。」

我回到了自己的閣樓上，坐到窗前。田野上空突然閃過一道閃電，將半個天空都照亮了。月亮似乎被那道耀眼的泛紅的光芒嚇了一跳。外面響起一陣悲涼而淒慘的狗叫聲。如果不是這狗叫聲，可以想像我正生活在一個荒無人煙的地方。遠方的驚雷轟然響起，一股悶熱壓抑的空氣從窗戶湧了進來。

我面前躺著的是伊佐特的屍體。他在岸邊的柳林下。泛青的臉龐仰向天空，玻璃珠般的眼睛，冷峻地審視著人們的良心。他那金色的鬍子末梢黏在了一起，鬍子後面藏著一張因錯愕不已而張開的嘴。

「馬克西莫維奇，最重要的是仁慈，還有親切！我喜歡復活節，因爲它是最讓人感到親切的節日！」

藍色的褲子緊緊貼在他發青的腿上，已經被伏爾加河水沖洗的乾乾淨淨，又被炎熱的太陽曬乾了。成群的蒼蠅圍著漁夫的臉嗡嗡直轉，屍體散發出一股令人眩暈與作嘔的惡臭。

羅瑪斯拖著沉重的腳步，低頭進了門，坐在我的床鋪上，把鬍子捋到胸前。

「您知道嗎，我要結婚了！是的。」

「女人在這裡會很艱難的。」

他目光炯炯地盯著我，像是在等著我說些什麼，但我沒能找到合適的詞語。遠處閃電幽靈般的光芒突然反射進屋裡。

「我要和瑪莎·捷連科夫①（①這是瑪麗婭·捷連科夫的昵稱）結婚了……」

我不由自主地笑了。直到現在我頭腦中都沒有意識到，這個姑娘也可以叫作瑪莎。這太滑稽了。我甚至都沒留意過她的父親或是兄弟也是這樣叫她的——瑪莎。

「您在笑什麼？」

「沒什麼。」

「您是在想，我對於她太老了？」

「不，怎麼會呢！」

「她對我說，您曾經愛過她。」

「也許吧——是的。」

「那現在呢？一切都過去了嗎？」

「是的，我是這樣想的。」

他把手中的鬍鬚鬆開，小聲對我說：「在您這樣的年紀裡，愛上一個人是常事。可對於我來說，已不是那樣了。但它會讓你神魂顛倒、茶飯不思，再也沒心力去忙別的事了！」

他咧嘴笑了，露出整齊的牙齒，繼續說：「安東尼①（①馬克・安東尼（約前八三—前三〇），古羅馬政治家、軍事家，凱撒重要的部將之一。凱撒被刺後，他與屋大維和雷必達一起組成了後三頭政治同盟。因迷戀埃及女王克列奥帕特拉七世，在西元前三十六年和她結婚，並贈送給她大片土地爲領地。西元前三三年，後三頭同盟分裂。西元前三〇年內戰失敗的馬克・安東尼與克列奧帕特拉七世相繼自殺身亡）之所以在亞克興海戰中敗給了屋大維，就是因爲他拋棄了自己的海上艦隊，扔掉了指揮權，乘著自己的戰船去追逐克列奧帕特拉。那個女人因爲害怕戰爭早已出逃了。您看，這種事是常有的！」

羅瑪斯站起身，挺起胸膛，像是即將要做出一件違背自己意願的事情：「那麼——我要結婚了！」

「馬上嗎？」

「秋天。等到蘋果成熟以後。」

他弓著身子出了門，頭低的過於猛了，距離門楣還空出了一大截。我躺下睡覺時想，如果我在秋天離開這裡的話，做些什麼會好些。他爲什麼要提起安東尼呢？這讓我心裡很不舒服。

已經可以摘第一批早熟的蘋果了。今年是個豐收年，果樹都被累累碩果壓彎了枝條，果園中芳香四溢。孩子們一邊吵吵嚷嚷，一邊撿著因蟲蛀、狂風而掉落的粉紅蘋果。

在八月最初的那幾天，霍霍爾從喀山用小木船，運來了很多貨物和一些沉甸甸的籃筐。早晨八點時分，他剛剛穿好衣服、洗漱完畢，正在喝茶的時候，愉快地說：「在伏爾加河游夜泳眞好啊……」

突然，他吸了一下鼻子，很關心地問：「怎麼好像有東西糊了？」

正在此時，院裡響起了廚娘阿克西尼婭的慘叫：「著火啦！」

我們趕緊衝進院子，挨著菜園那一側的板棚圍欄已經著火了，我們在板棚裡存放著煤油、柏油和黃油。我們驚慌失措地目睹火舌在耀眼的陽光下變成了黃色，並轉瞬間就迅速舔過牆頭，躥上房頂。阿克西尼婭拖來了水桶。霍霍爾將水潑到火焰四射的牆頭，把水桶扔到一邊說：「見鬼！馬克西莫維奇，快把柏油桶滾出來！阿克西尼婭，快去店鋪裡看看！」

我立即把柏油桶推到了院子裡和街邊，再打算挪開煤油桶。可我剛要滾動它的時候，桶蓋上的塞子好像掉了，煤油淌到了地上。在我尋找塞子時，火焰正一刻不停地吞噬著板棚四周的圍板，在板棚裡躥出了長長的火苗。棚子的屋頂被燒的劈啪作響，彷彿哼著嘲弄的小調。我只推出來一部分油桶，並看到街上四面八方跑來很多驚聲尖叫的女人和孩子。霍霍爾和阿克西尼婭從店鋪裡搶救出一些貨物，把它們堆放在了山溝裡。街上站著一位灰白頭髮、一身黑衣的老太婆，揮著拳頭怒氣衝衝地厲聲喊道：「啊——這群魔鬼！」

我再次衝進板棚，這裡已滿是伸手不見五指的濃煙，四處響起劈劈啪啪的爆裂聲，屋頂上蜿蜒的火線越燃越猛。牆壁的木板已經被燒的通紅。濃煙刺的我睜不開眼睛、透不過氣來，我勉勉強強將油桶推向了板棚的門口，桶卻在那裡被卡住、動不了了，屋頂上的火花開始迸濺到我身上，灼傷了我的皮膚。我大聲呼喊幫忙，霍霍爾立即趕過來，抓住我的胳膊把我拉到院子裡。

「快跑！馬上就爆炸了……」

他衝向我們那幢木屋的過道，我在他身後跑上了閣樓，那裡有我很多藏書。我把書籍都從窗戶裡扔出去後，還想把裝帽子的木箱也扔出去，可窗戶太過窄小了。我正用半普特重的秤砣砸玻璃的時候，突然聽到一聲巨響，房頂被震得晃了一下。毫無疑問，這是煤油桶爆炸了。閣樓屋頂在我頭上燃燒起來，發出咔嚓的斷裂聲。紅色的火苗爬上了窗框，席捲進屋內。熱浪陣陣襲來，讓人不堪忍受。我衝到樓梯附近，升騰的濃煙撲面而來。深紅色的火舌順著臺階爬了上來。下面的門廊也被燒的劈啪作響，彷彿是誰的牙齒正在咀嚼著木頭。我變得驚慌失措。刺鼻的濃煙讓人窒息。我一動不動地呆立在那裡，度過了漫長的幾秒鐘。在樓梯上方的天窗上，彷彿瞬間閃過一張歪七扭八、生著紅頭髮的黃臉龐。就在此刻，血紅色的火焰像長矛般刺穿了屋頂。

我記得，當時我的頭髮已經開始却却啦啦地燃燒，除此之外我再也沒聽到其他聲音。我覺得自己一定是死了，雙腿像灌了鉛一樣沉重。雖然我用手掌捂住了眼睛，但仍感到刺痛無比。

求生的本能像靈光一閃，給我指明了唯一的生路——我抱著自己的床墊、枕頭、樹皮繩索，用羅瑪斯的羊皮襖把頭裹好，從窗口跳了下去。

我在山溝邊上蘇醒過來時，羅瑪斯正蹲坐在我面前。他喊道：「怎麼樣？」

我站起身來，目瞪口呆地看著我們的木屋一點點化為灰燼。火焰吞噬了一切。血紅色的火焰像狗舌頭一樣，舔著黑色的土地。滾滾黑煙從窗戶中湧出。黃色的火焰花朵在屋頂上升騰扭動。

「怎麼樣？好些了嗎？」霍霍爾大聲說。剛剛經歷過一場驚心動魄的火災，他的臉上滿是油污，掛著幾行黑色的淚痕，濕漉漉的鬍子亂成一團。一股欣喜之情排山倒海地向我湧來，我感到自己簡直像重獲新生！緊接著，左腿開始鑽心地疼痛，我又躺下來，對霍霍爾說：「左腿脫臼了。」

他輕輕按了按我的腿，猛然拉了一下，我疼的像被狠抽了一記鞭子。幾分鐘過後，我已經能一瘸一拐地走路，並且樂不可支地把搶救出來的東西，搬到我們的澡堂裡。羅瑪斯笑眯眯地叼著煙斗說：「油桶剛一爆炸、煤油噴濺出來時，我以為你一定會被燒死的。火焰都快升到天上了，緊接著在天上炸開變成一朵蘑菇，整幢房子徹底淹沒在火海裡了。我心想，這下完了，馬克西莫維奇不在人世了！」

他又變得和往日一樣平靜，把東西整整齊齊地收拾成一堆，跟蓬頭垢面的阿克西尼婭說：「請坐在這裡看好東西，別被其他人偷走了。我去把殘火撲滅。」

一些白色的紙片在山谷裡的煙霧中飛舞。

「唉！」羅瑪斯說，「可惜我那些書！都是我最心愛的好書啊……」

已經有四幢木屋起火了。沒有風助勢，大火也在不慌不忙地向左右蔓延，怪不情願地用柔軟的鉤子，鉤住一個個籬笆和房頂。火焰像熾熱的梳子梳理著茅草屋頂，像彎彎曲曲的手指，彈奏著用籬笆製成的古斯里琴。煙霧瀰漫的空氣中，到處是火焰幸災樂禍的惱人「歌聲」。漸漸化為灰燼的木頭，悄悄發出微弱的炸裂聲。金色的「寒鴉」從煙雲裡掉落到街邊，莊稼漢們和女人們慌亂地四處奔忙，一邊惦記著自家的房子，一邊不停地哭喊著：「水——水！」

水源很遠，在山腳下的伏爾加河那裡。羅瑪斯連拉帶拽地迅速把農民們湊在一起，然後就兵分兩路，分派他們砍斷籬笆牆，拆掉失火房屋兩側的雜物間。人們對他悉數聽命，一場鬥智鬥勇的戰役打響了。欲望滔天的火魔，正在大口大口地吞噬著成排的房子、一整條街。但人們的行動似乎總是有些畏首畏尾、裹足不前，好像是在忙著一件與自己無關的事情。

我可是鬥志昂揚，渾身有使不完的勁。在街道的盡頭，我發現一小群以村長和庫茲明爲首的富農們，正站在一旁袖手旁觀，揮動著胳膊和拐杖大喊大叫。一些農民們從田間騎著馬一路飛奔回來了，胳膊肘顚得和耳朵一邊高。女人們哭號著迎面撲了過去，孩子們在瞎跑一氣。

又有一個院子的雜物間著火了，需要趕緊把院牆的圍欄拆掉。那圍欄由茂密的枯枝編織而成，上面已經有火苗躥出。農民們開始砍斷圍欄，火花飛濺到了他們身上，隨後又熄滅了。他們趕緊躲閃到一旁，用手掌拍打著被燙出窟窿的襯衫。

「別怕！」霍霍爾喊道。

但是這根本不起作用。於是他揪下一個人的帽子扣到我頭上說：「你從那邊把籬笆砍斷，我砍這邊！」

我砍斷了一根柱子，接著又砍斷一根。籬笆牆開始搖晃，我乾脆爬了上去，抓住上面，霍霍爾趕緊一把拽住我的腿，把我弄下來。整片籬笆牆應聲倒下，差點把我的頭壓在下面。農民們隨後把砍下來的籬笆牆拖到了一邊。

「燒到沒有？」霍霍爾問。

他的關切讓我又找回了幹勁，手腳變得更加麻利。我很想在這場惡戰中贏得榮譽，於是更加鉚足了勁埋頭苦幹，只為贏得他的讚賞。從我們書籍中掉落的紙片，在煙雲裡上下翻飛，像是一隻隻雪白的鴿子。

右側的火勢已經被成功控制住了，可左側卻越燒越猛，已經燒至第十個院落。霍霍爾留下一小撥農民，監視狡猾的火蛇，派大部分農民去左側搶險。我從幾個富農身邊跑過的時候，聽到一句惡毒的話：「縱火犯！」

那個雜貨鋪小老闆說：「該去他的澡堂裡查看一下！」

這句話深深地刺進了我的心頭。

顯然，飽滿而高漲的情緒，尤其能夠讓你的力量倍增。我興奮極了，工作起來全然忘我，直到筋疲力盡。等我席地坐下時，後背好像有個什麼滾燙的東西。羅瑪斯立馬將一桶水澆到我身上。農民們圍著我們，滿懷敬意地嘀咕著說：「這孩子可真行啊！」

「他不會累趴下的……」

我把頭緊緊靠著羅瑪斯的腿，不管不顧地放聲大哭起來。他撫摩著我濕漉漉的頭，說：「好好休息會兒吧！做的差不多了！」

庫庫什金和巴里諾夫兩個人都被熏得一身漆黑，活像是兩個魔鬼。他們把我帶到山溝那邊，安慰我說：「沒事的，小兄弟！一切都過去了！」

「被嚇壞了吧？」

我還沒來的及多躺一會兒、緩緩神，就看到山溝裡有十來個富農，正向我們的澡堂走來。爲首的正是村長，在他身後有兩個村警架著羅瑪斯的胳膊。羅瑪斯沒戴帽子，濕襯衫的袖子被扯破了，嘴裡叼著煙斗，眉頭緊蹙，目光如炬。退役士兵科斯京揮著手杖狂躁地喊叫：「快把這個邪教徒扔進火堆！」

「把澡堂的鎖打開……」

「把鎖砸開吧——鑰匙丟了。」羅瑪斯洪亮地說。

我立即跳了起來，從地上抓起一根粗棍子，站在他的身邊。村警趕緊倒退了兩步。村長也被嚇了一跳，尖聲細氣地說：「東正教——不允許砸鎖！」

庫茲明指著我喊道：「這兒還有一個呢……他算是個什麼人！」

「不用慌，馬克西莫維奇，」霍霍爾說，「他們以爲我把貨物藏到了澡堂，然後自己縱火燒了店鋪。」

「他倆是一夥的！」

「砸鎖！砸！」

「東正教……」

「我們敢作敢當！」

「我們對此負責！」

羅瑪斯小聲跟我說：「快和我背靠背站著！這樣就不會腹背受敵了……」

澡堂的鎖被砸開了，幾個人立即從門口擠了進去，隨即又鑽了出來。而我在這當下把棍子塞給了羅瑪斯，並從地上又撿起一根。

「裡面什麼也沒有……」

「什麼也沒有？」

「哦，眞見鬼！」

有人心虛地說：「冤枉這倆人了……」

幾個蠻橫無理、醉鬼般的聲音立即反咬一口：「什麼？冤枉？」

「把他們扔到火裡去！」

「擾亂分子……」

「他們在背地裡搞合作社！」

「賊！他們是一窩賊！」

「胡說！」羅瑪斯大喊一聲，「那麼，你們也親眼看到了，我的澡堂裡並沒藏著貨物，你們還沒折騰夠嗎？一切都被燒光了，就剩下這些——看到了嗎？我爲什麼要燒掉自己的財產？」

「為騙取保險！」

又有十來個破鑼嗓子開始氣急敗壞地咆哮：「還死盯著他們幹嘛？」

「夠啦！我們統統受夠啦！」

我的雙腿開始顫抖，眼前發黑。透過紅色的煙塵，我看到他們兇神惡煞的醜惡嘴臉，恨不得狠狠揍他們一頓。這些人將我倆團團圍住，一邊瞎嚷嚷，一邊氣得直蹦。

「啊哈……還握著棍子呢！」

「還帶著棍子？」

「他們就差來揪我的鬍子了，」霍霍爾說，而我覺得他好像在偷笑，「您也要遭殃啦，馬克西莫維奇！唉！不過，要沉著……冷靜……」

「快看哪，那個年輕點的有斧頭！」

我腰間確實別了一把砍木頭的斧頭，我自己都忘得一乾二淨。

「他們好像變縮頭烏龜啦，」霍霍爾猜測說，「一會兒他們撲上來，你可不要用斧頭……」

一個我不認識的小個子跛腿農民很滑稽地蹦躂過來，使出吃奶的勁尖叫道：「用磚頭砸死他們！我來打頭陣！」

他手裡確實攥著塊破磚頭，揮舞著朝我肚子扔了過來。但還沒等我反應過來，庫庫什金已經像老鷹一樣，一把將他撲倒在地，他們兩個在地上打成一團，滾到了山溝裡。潘科夫、巴里諾夫、雜貨鋪小老闆，還有十來個人都追著庫庫什金跑了過去。此時，庫茲明裝模作樣地對霍霍爾說：「你，米哈伊爾·安東諾夫，是個聰明人，你也知道，這場火把農民們都嚇傻了……」

「我們走吧，馬克西莫維奇，去岸邊的小酒館。」羅瑪斯把煙斗從嘴邊取下，猛地塞進褲兜裡。他拄著棍子，疲憊地從山溝裡爬了上來。庫茲明跟在他身邊還在說著什麼，羅瑪斯頭也不回地答道：「滾開！傻瓜！」

在我們原來房子的位置上，一堆金色的炭火還沒燃盡，炭火中央是爐子，完好無損的爐子煙囪，還在向熾熱的空氣裡吐著縷縷藍煙。燒紅的床架像蜘蛛腿一樣支在地上。焦黑的門柱像是守衛在篝火旁的黑衣衛士，其中一個戴著仍未熄滅的紅色的炭帽，上面插著火焰翎毛。

「書全被燒毀了，」霍霍爾歎了一口氣說，「太可惜了！」

小男孩們用棍子把還沒燃盡的木頭，像趕豬一樣撥拉進街上的泥水坑裡，木頭却却作響地熄滅了，冒出一股白煙。一個五歲大的小孩子，淺色的頭髮、天藍色的眼睛，坐在一塊熱乎乎的黑水窪裡，用棍子敲著坑坑窪窪的破水桶，全神貫注地欣賞著自己敲出來的鼓點。剛剛遭了災的女人們強忍住悲傷，把僅存的一些家當收拾到一起。她們連哭帶罵，爲幾塊燒焦的木塊爭執不停。火場後面的果園裡，蘋果樹依然靜默地站在那裡，很多樹葉都被烤成了棕紅色，原本藏在葉子下面的一顆顆紅蘋果，變得更加惹眼了。

我們去河邊洗澡，之後在岸邊的小酒館裡悶頭喝茶。

「那些吸血鬼們，這次在蘋果的事上翻船了。」霍霍爾說。

潘科夫心事重重地走了過來。他比平時顯得更加親切。

「怎麼辦了，兄弟？」霍霍爾詢問說。

潘科夫聳了聳肩：「我的房子上保險了。」

大家彼此面面相覷，誰都沒有說話，彷彿都成了陌生人。

「米哈伊爾．安東內奇，我們下一步怎麼打算？」

「讓我考慮一下。」

「你得離開這裡。」

「看情況吧。」

「我有個方案，」潘科夫說，「到外面聊一聊吧。」

大家紛紛出門了。走到門口時，潘科夫扭頭對我說：「你是好樣的！你還可以在這裡繼續生活，他們會怕你三分的……」

我也離開去了河邊，躺在灌木叢下，望著伏爾加河。

夕陽雖然已經沉下去了，但地面上的餘熱仍未散盡。我在這個村莊裡所經歷的一幕幕，都浮現在了眼前，彷彿被一支巨大的彩筆，繪在了如練長河上。我感到心中充滿落寞與憂傷。緊接著一陣睏意襲來，我沉沉地睡著了。

「喂！」睡意矇矓中，我聽到好像有誰在搖晃我，要把我拽起來，「睡死了嗎？怎麼搞的？快醒醒！」

一輪血紅色的圓月，映照在河面上方的草地上。月亮又大又圓，彷彿一個巨大的車輪。巴里諾夫彎下腰來晃著我的肩膀：「快走，霍霍爾正找你呢，可把他給急壞了！」

他跟在我身後埋怨說：「你怎麼能隨隨便便就倒頭睡下呢？要是剛才有人從山上走過時恰好摔一跤，就會有石頭掉下來砸到你的——說不定還是故意的呢。我們這裡的人從來都是動真格的。我的小兄弟，你要記住，這裡的人們只會把仇恨深深刻在心裡。除此之外，他們什麼都不會記住。」

灌木叢裡有人在輕聲走動，枝條被碰的微微直顫。

「找到他了？」米貢高聲問。

「我領回來了。」巴里諾夫說。

巴里諾夫又走了幾步，歎口氣說：「米貢又去偷魚了。他的日子也不好過啊！」

羅瑪斯迎面向我走來，生氣地質問我：「您到哪兒去逛了？您不怕挨他們揍嗎？」

當只剩下我們兩個的時候，他神色黯然地低聲說：「潘科夫想讓您留在他那裡。他打算開個小雜貨鋪。我不建議您這樣做。我已經把剩下的東西都轉賣給他了，打算動身去維亞特卡城①（①今基洛夫市），過一段時間後給您寫信，邀您到我那裡去，行嗎？」

「讓我想一想。」

「好好考慮下吧。」

他躺到地板上，翻了幾個身，然後就沒動靜了。我坐在窗前，望著伏爾加河。河面上倒映的月影，讓我聯想起那場大火。一艘輪船的外輪片，沉重地拍在河邊的草甸上，桅杆上的三點燈火，在漆黑的夜幕中搖曳，比天上的星星更爲搶眼。

「您還在爲農民們生氣嗎？」羅瑪斯像說夢話般地問我，「沒有必要。他們只是因爲愚蠢。懷恨在心也是一種愚蠢的行爲。」

他的話並沒有使我得到安慰，也絲毫沒有減輕我強壓的憤怒和錐心般的委屈。我眼前又冒出那一張張野獸般兇神惡煞的嘴臉，衝我惡狠狠地喊叫：「用磚頭砸死他們！」

此時此刻的我，還不善於把那些無用的東西立即拋在腦後。是的，我看到那群人中，每一個單獨的人心裡，都未必藏有那麼多仇恨，甚至連一絲一毫都沒有。他們實際上是一群善良溫順的野獸。你輕輕鬆鬆就能讓他們中的任何一個，露出孩子般開心的微笑。任何一個人都會帶著孩子氣的深信不疑，傾聽那些尋找智慧與幸福的精彩故事、不惜捨己救人的動人傳奇。他們都滿心希望能夠過上隨心所欲的自在生活。凡是貼合這番心願的事情，都被珍藏在他們那顆奇怪的心靈裡。

但是，當這些人在村會或是岸邊的小酒館裡，灰溜溜地湊成一堆的時候，他們卻把自己美好的一面統統隱藏起來，像教士一樣披上謊言與僞善的外衣，開始像狗一樣奴顏婢膝、諂媚討好，讓人憎惡。突然間，狼一般的邪惡劫持了他們的心靈，於是哪怕只是爲一些雞毛蒜皮的小事，他們都會互相齜牙咧嘴、頭髮倒豎地破口大罵，恨不得劍拔弩張、摩拳擦掌，甚至動眞格地拼命打上一架。每到這種時刻，他們都變得很可怕。昨天他們還像綿羊入了羊圈一樣，虔誠而又馴服地進了教堂，今天就敢把那教堂片瓦不留地拆光。這些人群中也有詩人和說書人，但是誰都不喜歡他們，他們只能在別人的譏諷嘲笑之中，卑微下賤而又孤苦無依地勉強度日。

我既做不到，也不能夠在這樣一群人中間繼續生活下去。那天我們送別霍霍爾時，我把自己胸中那些苦悶的想法，一股腦講給了他聽。

「這結論爲時過早。」他責備地說。

「可是，如果結論已經是這樣了，那還能怎麼辦？」

「這結論是錯的，毫無依據。」

他花了很長時間好好地疏導我，告訴我這種想法不對，是錯誤的。

「不要急於譴責！譴責是最簡單不過的事情，千萬不要熱衷於此。用平常心看待一切，時刻銘記一句話——一切都會過去，一切都會越變越好。太慢了嗎？但是——持久！四處觀察、探索一切，你將會變得勇敢無畏，但不要急於譴責。再會吧，老朋友！」

這一聲「再會」，直到十五年後才在謝德爾采①（①波蘭歷史上的一個省。一九九九年一月一日被併入馬佐夫舍省和盧布爾省）變爲現實。我們作別之後，羅瑪斯因爲民權派②（②俄國小資產階級革命民主派知識份子的秘密團體，創建於一八九三年，由地方知識份子和老民粹派分子組成，宣揚改良主義。一八九四年民權派的主要分子被沙皇的員警全部逮捕）案件而再次被流放到雅庫茨克州，在那裡一待就是十年。

自從羅瑪斯離開紅景村之後，我的心裡像墜著鉛塊一樣煩悶極了。我在村裡焦躁地走來走去，好像是一隻失去主人的小狗。我隨巴里諾夫一起去各個村落裡給富農們工作，脫穀粒、挖馬鈴薯、清理果園，並借住在巴里諾夫的浴室裡。

「阿列克謝·馬克西莫維奇，變成光桿司令了，對不？」在一個雨夜裡他這樣問我，「明天我們一起去海上怎麼樣？說眞的！這兒有什麼好留戀的？他們都不喜歡咱哥倆這樣的。指不定哪一天，咱倆就無緣無故地倒在哪個醉漢的拳頭底下了……」

巴里諾夫已不只一次和我說起這個了。他不知因爲什麼也陷入了苦悶，耷拉著兩隻猿猴一樣長長的胳膊，把目光憂鬱又迷茫地投向樹林裡。

大滴大滴的雨點，被摔打在浴室的窗戶上，把窗上的邊角都沖洗的乾乾淨淨。雨水在地上匯成了水流，迅猛地流向山溝。空中突然劃過一道蒼白無力的閃電，這已是今年最後一場暴雨了。

巴里諾夫小聲問我：「去不？明天？」

我們出發了。

我的大學

07

秋夜裡，沿著伏爾加河航行簡直妙不可言。一個頭髮蓬亂、腦殼碩大的彪形大漢坐在船頭上，一邊緊把著船舵，一邊在甲板上不時地猛跺著腳，還悶聲喘著粗氣：「噢——唔……噢——洊洊——唔……」

船尾後邊潺潺流動的水流，像是一條抖動的絲綢，又像是細膩柔滑的樹脂。茫茫水面，一望無際。時值秋天，烏雲正在河水上空舒展、翻捲。眼前一片虛空，只有那團黑暗，在我身旁無聲無息地緩緩同行。那黑暗不僅銷蝕掉了河岸，似乎連整個大地都被它擁入懷裡、慢慢消融，化成虛無縹緲的青煙、無影無形的液體，連綿不盡、一刻不停地流淌到一個空曠、寂靜的所在，那裡既沒有太陽，也沒有月亮和星光。

霧氣重重的黑暗中，前方隱約有一艘拖船正在吃力前行，彷彿在刻意跟牽動自己前行的巨大力量作對似的，不停地喘著粗氣。三盞燈火——兩盞浮在水面，另一盞高高在上——指引著拖駁船前行。距我不遠處另有四盞燈火，像是金色的鯽魚在烏雲下面游動，其中一盞就是我們這艘船上的桅燈。

我感到自己像是一隻被困在冰冷的玻璃燈罩中的小蚊子，燈罩四壁光滑的站不住腳，而我在裡面苦苦掙扎。身邊一切動靜都漸漸停滯下來，逐漸逼近那個冰封般靜止的時刻。船隻不再嗚嗚作響，外輪片不再拍打著污濁的水面。一切聲響都漸行漸遠，彷彿樹葉從樹上飄落，彷彿粉筆字被輕輕擦去。幽深的沉寂不由分說包圍了我。

那個裹著破羊皮襖、頭頂破絨帽的大塊頭掌舵人，彷彿被施了魔法一樣，也變得一動不動，不再出聲了。

我問他：「你叫什麼名字？」

「你問這個幹嘛？」他很粗魯地回答。

駛離喀山那天的日落時分，我就發現這個人粗笨的像頭熊，鬍子拉碴，眼睛小的眯成了縫。他站在船舵旁，把一瓶伏特加倒在大木勺裡，像喝水一樣，咕咚咕咚兩大口就喝的一滴不剩，然後又開始啃蘋果。當拖船拽住我們這艘輪船前行的時候，這個人把住舵柄，望了一眼磚紅色的夕陽，挺直腦袋，一本正經地說：「願上帝保佑！」

拖船拽著四艘駁船，從下諾夫哥羅德的市場駛向阿斯特拉罕。那四艘駁船裡都裝滿了成批的鐵器、大桶的糖和沉甸甸的箱子，這些貨物都將被銷往波斯。巴里諾夫踢了踢箱子，聞了聞味道，沉思了一下說：「沒錯，這些都是武器，從伊熱夫斯克工廠運來的……」

掌舵人照著他的肚子狠狠打了一拳，問道：「關你屁事？」

「我是在想……」

「你想找抽啊？」

我們沒錢買船票，多虧船主「大發慈悲」，才被允許登船。雖然我倆也像水手們一樣埋頭工作值班，但在船上其他人眼中不過是倆叫花子。

「你還說什麼人民，」巴里諾夫埋怨我說，「其實說白了，就是誰有本事，誰就騎別人頭上……」

夜色濃重，前方的船隻已隱沒在一片漆黑之中，只有被燈火照亮的桅尖在煙雲中隱約可見。煙雲中瀰漫著一股汽油的味道。

我是被水手長指派來值班、給這個傢伙當助手的。但那個掌舵人尷尬的沉默，讓我坐立不安。航道轉彎時，他盯著前方搖擺的航燈小聲對我說：「嘿！把穩船舵！」

我一下子蹦起來，調整了舵柄。

「行嘍。」他悶聲說。

我又坐到甲板上。根本沒法跟這個人聊天。不管你問什麼，他都只會反問一句：「這關你什麼事？」

他在想些什麼？當我們從黃色的卡馬河與銀灰色的伏爾加河交匯處經過時，他向北瞟了一眼，自言自語地嘟囔著說：「惡棍。」

「誰？」

他沒回答。

從幽遠的黑暗盡頭傳來一陣狗吠聲，讓人不由想起一些尚未被黑暗蠶食殆盡、仍一息尚存的生命。那種吶喊似乎遙不可及，在無邊的黑暗面前顯得單薄無力。

「那裡沒什麼好狗。」掌舵人突然冒出了一句話。

「哪裡——那邊？」

「到處都一樣。我們這兒的狗簡直就是野獸。」

「您是哪裡人？」

「沃洛格達。」

就像從麻袋裡倒出幾個馬鈴薯一樣，他笨嘴笨舌地冒出了幾句前言不搭後語的話：「那個和你一塊的，是你叔叔？照我看，他是個傻瓜。我有個叔叔，精明，兇悍，還很有錢。他管著辛比爾斯克的碼頭，在岸上開了個酒館。」

慢吞地擠出這幾句話之後，他就目不轉睛地盯著航燈，觀察金色蜘蛛如何在黑色的大網中爬行。

「掌好舵！嗯……你肚子裡有點墨水？那你知道法律是誰編出來的嗎？」

他沒等我回答，又接著說：「關於這個，大家各說各的——有人說是沙皇，還有人說是大主教、元老院。要是我知道是誰編的，我就去找他，跟他說：『你得把法律寫好一點，不光是不能打人，而且是連抬一下手都不成。』法律應當是鐵打的，就像鑰匙一樣，鎖住我的心思就可以了！要是那樣，我才能管住自己！要是眼下這樣，我可管不住，管不住！」

他自言自語地嘟嘟囔囔，聲音越來越小，語無倫次，還用拳頭一下一下砸著舵柄。

船上的喇叭裡傳出一陣嘶啞的叫喊。那聲音顯得極其多餘，像深夜的狗吠聲一樣，迅速就被漆黑的夜幕吞沒了。航燈在不停地晃動，彷彿是緊貼船舷、漂移在黑色的水面上的黃色油點，並勉強帶來一星半點的亮光。厚重濕潤的烏雲像黏膩的泥巴一樣，在我們頭頂流淌。我們在無力地滑向死一般寂靜的黑色深淵。

有人在淒涼地抱怨：「要把我們帶哪兒去啊？我的心跳都要停了……」

此時此刻，一切都變得無足輕重。冰一般的寂寞與虛空攫取了我的心。眞想就這樣沉沉睡去。

沒有太陽的黎明，雖然顯得柔弱而陰鬱，但仍能小心又艱難地洞穿烏雲，悄悄來臨。水面被暈染了一層鉛灰色。河岸上逐一現出黃色的灌木叢、樹幹上彷彿帶著鏽紅斑點的鐵灰色松樹林、黑色的圓木、村莊裡一排排的木屋，還有彷彿石刻般的農民身影。一隻海鷗拍打著翅膀從我們頭頂掠過。

我和掌舵人都被別人換班後，我就躺到防水布下睡著了。但我很快又被一陣腳步聲和叫喊聲驚醒。我從防水布下面伸出腦袋，看到三個水兵正把掌舵的按到操作艙的牆壁上，吵吵嚷嚷地喊：「彼得魯哈，快扔了這念頭吧！」

「上帝保佑你啊！讓一切都過去吧！」

「你這又是何苦啊？」

他把雙臂在胸前交叉成十字，手指緊緊摳住自己的肩頭，用腳踩著甲板上的包裹，老老實實地站在那裡，逐一看過每一個人，用嘶啞的聲音說：「請讓我遠離罪孽吧！」

他赤著腳，沒戴帽子，只穿了一件襯衫和一條短褲，一頭亂蓬蓬的黑髮東倒西歪地支棱著，遮住了倔強的大腦門。那雙鼴鼠般的小眼睛裡佈滿血絲，驚慌失措而又可憐巴巴地望著大家。

「你會被淹死的！」人們對他說。

「我，怎麼會？請放我走吧，兄弟們！不放我走，我就會殺了他！只要我們一到辛比爾斯克，我就會……」

「那可不行啊！」

「唉，兄弟們……」

他慢慢地張開雙臂，在控制室前面跪了下來，那姿勢彷彿是被釘在了十字架上。他再次哀求道：「請讓我走吧！讓我遠離罪孽吧！」

他的話語中，似乎藏有難以言表又令人震驚的秘密。他那張開的雙臂像船槳一樣長，用掌心對著人們，一直在不停地顫抖。他那鬍子拉碴、像熊一樣的臉，也在不停地哆嗦。鼴鼠般的小眼睛裡，黑眼珠骨碌直轉。似乎有一隻無形的手扼住了他的嗓子，讓他不能呼吸。

人們默默地在他面前讓開了路，他笨拙地站起身，拎起包袱說：「那麼，多謝了！」

他走到船舷邊上，縱身一躍輕盈地跳入河裡。我也衝到船舷邊上，看到彼得魯哈頂著帽子一樣的包袱，側著頭游向了斜對岸的沙灘。那裡的灌木叢被風吹彎了腰，黃色的葉子一直探向了水面，彷彿在向他點頭致意。

水手們說：「他到底還是克制住自己了！」

我問：「他難道瘋了嗎？」

「怎麼會？不，他沒有瘋。他這麼做是爲了拯救靈魂……」

彼得魯哈已經游到了齊胸的淺灘，舉起包裹衝我們揮了揮手。

水兵們齊聲衝他大喊：「再──會！」

有人問：「他沒有護照可怎麼辦？」

一個紅頭髮、羅圈腿的水兵興奮地跟我講：「他在辛比爾斯克有一個叔叔，是個惡棍、敗家子，總欺負他。他拿定了主意要打死這個叔叔，但又於心不忍，下不了手，於是就沒造那份孽。他是個野獸一樣的莊稼漢，但有一顆善良的心！他──是個好心人……」

那個好人已經沿著窄窄的沙岸向上游走去，消失在了灌木叢中。

這群水兵都是善良的小夥子，全是我的老鄉，祖祖輩輩都居住在伏爾加河畔。快到傍晚時，我覺得自己已然成爲他們中的一員了。但第二天我發現他們都皺著眉頭、滿腹狐疑地盯著我。我從那時猜到，巴里諾夫這個幻想家，一定是口無遮攔地和水手們說了些什麼。

「你跟他們講了？」

巴里諾夫笑著眯起他那雙女人般的眼睛，難爲情地撓了撓耳根，承認說：「我沒說什麼！」

「嗯——我不是請求過你不要講嗎？」

「我開始是什麼也沒說，可這個故事實在是好玩的要命啊。我們本來是想打牌的，然後那個掌舵的把牌抓走了。這太讓人掃興了，於是我就講……」

從巴里諾夫那裡我得知，他出於無聊，從頭到尾胡編了一個可笑的故事，在故事結尾，霍霍爾和我就像古老的維京海盜①（①原意是「來自峽灣的人」。指生活於西元八〇〇年至一〇六六年期間，從事海上貿易與搶掠商船的斯堪的納維亞人。海盜時代初期，維京人曾對英格蘭海岸及歐洲大陸的修道院、教堂，和其他一些易於攻擊之地發起猛烈進攻，因此被描繪成殺人如麻的掠奪者）一樣，掄起斧子砍倒了一幫農民。

爲他生氣是不值得的，他眼中的眞理都是超現實的。一次，在我跟他一起沿路找工作的時候，他坐在田野邊的溝坎上，自信滿滿又十分親熱地勸我：「應當尋找最可心的眞理！瞧，在那溝坎後面，羊群在吃草，牧羊犬在撒歡跑，牧羊人在走來走去。那麼，這有什麼看頭嗎？這給我和你的心靈帶來了什麼啓發嗎？親愛的，你一眼望去，看到的都是心地邪惡的人——沒錯！但善良的人在哪裡呢？善良的人還沒有被編造出來呢！哦，沒錯！」

到辛比爾斯克後，水手們非常不客氣地，攆我們兩個人離開船到岸上去。

「你們跟我們在一起不合適。」他們這樣說。

他們把我倆送上一條去辛比爾斯克碼頭的小船。我們兩個上了岸，曬乾了衣服，看看口袋裡，只剩下了三十七戈比。

我們去了小酒館喝茶。

「接下來幹嘛呢？」

巴里諾夫信心十足地說：「幹嘛？繼續走下去唄。」

我倆像「兔子」①（①指逃票的人）一樣一路乘船、一路逃票趕到了薩馬拉，又在那裡受雇於一條駁船，七天後順風順水地來到了里海海岸。我們在卡爾梅克人開的髒兮兮的卡班庫——巴依漁場上，從一夥漁民那兒找到了工作。

國家圖書館出版品預行編目資料

我的大學／高爾基著；段雲竹翻譯. -- 1 版. -- 新北市：華夏出版有限公司, 2023.08
面；　公分. --（心華文庫；018）
ISBN 978-986-5670-55-9（平裝）

880.57　105007946

心華文庫 018
我的大學

著　作　高爾基
翻　譯　段雲竹
印　刷　百通科技股份有限公司
電話：02-86926066　傳真：02-86926016
出　版　華夏出版有限公司
220 新北市板橋區縣民大道 3 段 93 巷 30 弄 25 號 1 樓
電話：02-32343788　傳真：02-22234544
E-mail：　pftwsdom@ms7.hinet.net
總 經 銷　貿騰發賣股份有限公司
新北市 235 中和區立德街 136 號 6 樓
電話：02-82275988　傳真：02-82275989
網址：www.namode.com
版　次　2023 年 8 月初版一刷
特　價　新台幣 300 元（缺頁或破損的書，請寄回更換）

ISBN-13：978-986-5670-55-9